KB118944

우리만의 리듬으로 삽니다

우리만의 리듬으로 삽니다

80대 엄마와
50대 딸의
한 지붕 남남생활

신연재 지음

자음과모음

차례

둘.

팔십 대
엄마와 산 지
칠 년 차

하나.

어느새 오십 대 비혼이 되었습니다

1
오십 대 비혼이 바라보는 세상

비혼은
행복하면 안 되나요?

이제는 안 들을 줄 알았던 말을 며칠 전 또 듣고 말았다. 친하게 지내는 후배와 오랜만에 만나서 안부를 나누던 중, 후배의 삼십 대 조카 이야기가 나와서 조카는 잘 지내냐는 통상적인 인사를 건넨 뒤였다.

"성실하게 회사 잘 다니고 모임에서 장도 맡고 잘 지내요. 그런데 결혼을 안 해서 큰 걱정이에요."

그 말을 아무렇지 않게 한 걸 보니, 앞에 있는 내가 오십 대 비혼이라는 사실을 후배가 깜빡한 모양이다. 요즘은 그럴 수 있다며 넘기긴 했지만, '결혼 안 해서 걱정'이라는 말이 고어(古語)처럼 이질적이고 생경하게 느껴졌다. 오십 대인 나에게는 그런 말을 하는 사람조차 없기도 하고, 1인 가구가 우리나라 전체 인구의 3분의 1 수준에 이르렀으니 그런 말을 하는 사람이 옛날보다 훨씬 줄었을 거라고 여기고 있었다. 그러다 후배에게서 결혼 안 해서 걱정이라는 말을 들으니, 어디선가는 아직도 이 낡아빠진 말이 유령처럼 부유하고 있겠구나 하는 생각이 들었다.

함께 치열하게 살고, 치열하게 놀던 친구들이 다들 결혼한 후, 사십 대에 이를 때까지 정말 많이 들은 말이 있다.

“괜찮은 사람 같은데 왜 결혼을 안 했어요?”

“멀쩡한데 인연을 못 만난 걸 보면 너무 눈이 높았나 보다.”

결혼을 하지 않았다는 이유로 나는 괜찮지 않은 사람, 멀쩡하지 않은 사람, 겉으로는 드러나지 않은 약점이 있는 사람, 눈이 높은 사람 등등으로 평가되곤 했다. 그들은 내가 결혼을 하지 ‘못한’ 이유를 찾고 싶어 했고, 걱정을 빙자한 무심한 말들 속에는 내가 불행하고 결핍이 있는, 불완전한 상태라는 낙인이 포함되어 있었다. 결혼이 사랑의 완성도 아니고, 결혼한다고 해서 있던 결핍이 없어지는 것도 아니라는 건 어쩌면 결혼한 사람들이 더 잘 알 텐데 말이다.

비슷한 말을 저출산고령사회위원회 전 부위원장인 나경원 씨를 통해 들은 적이 있다. 2022년, 한 라디오와의 인터뷰에서 출생률 제고에 대한 인식 개선의 필요성을 말하던 중 그는 예능 프로그램 〈나 혼자 산다〉를 언급하며 "이러한 프로그램 때문에 혼자 사는 것이 더 행복한 것으로 인식되는 것 같다"고 주장했다. 출생률이 떨어지는 원인을 비혼자가 늘어나는 것으로 보고, 비혼이 많아지는 이유로 혼자서도 잘 사는 연예인들을 보여주는 프로그램인 〈나 혼자 산다〉를 콕 짚은 것이다.

그 기사를 본 순간 든 생각은 '혼자 살면 행복하면 안 되나?'였다. 그리고 전후 관계가 바뀌었다는 점도 지적하고 싶다. 사람들에게 혼자 사는 것이 행복하다고 인지시켜서 비혼이 많아진 게 아니고, 이미 사회 환경상 비혼이 늘고 있기 때문에 혼자 사는 것도 행복할 수 있음을 보여준 것뿐이다.

그동안 미디어에서 비혼을 얼마나 불행하고 결핍된

존재로 소모했는지 따져보면 헤아릴 수조차 없다. 지금도 〈미운 우리 새끼〉나 〈신발 벗고 돌싱포맨〉 같은 예능 프로그램은 혼자 사는 남성을 다른 사람의 보살핌이 필요한 부족한 존재로 이미지화하고 있다. 또 비중으로만 따지면 〈나는 솔로〉 〈환승연애〉 같은 소위 '짝짓기' 프로그램이나 〈슈퍼맨이 돌아왔다〉 〈동상이몽〉 등 결혼해서 행복하게 사는 부부의 모습을 보여주는 프로그램이 더 많다.

드라마도 결혼해서 행복하다는 메시지로 가득 찬 것들이 다수다. 얼마 전까지 방영했던 한 주말 드라마에서는 전문직 아들들에게 부모가 육 개월 안에 결혼할 여자를 데리고 오면 아파트를 주겠다고 하기도 했다.

이처럼 결혼을 해야만 인생의 큰 과업을 이룬 것이고, 아이를 낳아야 어른이 되며, 결혼하면 행복하다는 메시지는 여전히 미디어에 차고 넘친다. 사람들이 유독 〈나 혼자 산다〉의 영향만 크게 받을 리는 없다는 뜻이다. 그런데도 혼자 사는 걸 결핍이 있다거나 행복하지 않은 것으로 상정하다니, 너무 무례하다. 설마 나경원 전 부위원장은 국민의 3분의 1이 적당히 불행하게 살길 바라는 걸까?

통계청의 2022년 사회조사 결과에 따르면, 결혼하지 않는 이유로 10명 중 3명이 '결혼자금 부족'을 꼽았다. 그 외에도 '고용 상태가 불안정하다' 등의 경제적인 이유가 컸고, 여성의 경우 '결혼의 필요성을 느끼지 못해서'라는 답변도 많았다.

여성의 관점에서 보면, 여성이 결혼과 출산을 선택한다는 건 자신의 삶을 갈아 넣는 희생을 각오해야 한다는 뜻이기도 하다. 지금은 여성이 '독박 육아'를 하는 장면이 미디어에서 많이 사라지긴 했으나, 여전히 가사 노동과 육아 노동은 여성에게 많이 치우쳐져 있다. 일하던 직장으로 돌아가지 못하는 경우도 많다.

나 전 부위원장은 "결혼하고 아이를 낳는 것이 행복하다는 인식이 들 수 있도록 정책이 바뀌어야 한다"면서 "모든 언론, 종교단체, 사회단체가 함께 어떤 캠페인을 하는 것도 필요하다"고도 했다.

캠페인이라고 하니 생각나는 표어가 있다. '둘만 낳아 잘 기르자'. 지금은 저출산이 문제지만 1970년대만 해도 이 캠페인의 표어는 어디서나 보였다. 생각해보면, 국가가 캠페인이라는 명목으로 여성의 몸을 통제하며 출산을 제한한 폭력이었다.

그런데 이번엔 출생률을 높이기 위해 여성의 몸을 또 통제하려고 한다. 나 전 부위원장의 발언이 '모든 언론, 종교단체, 사회단체가 참여하는 전방위적 캠페인'이라는 명목하에 여성을 압박하겠다는 협박으로 들리는 이유다. 그런 낡은 말들의 잔치보다 지금 우리가 사는 세상이 여성이 살기 안전하고 평등한 세상인지, 그 지점부터 고민할 필요가 있지 않을까.

드라마 〈작은 아씨들〉을 집필한 정서경 작가는 한 인터뷰에서 이렇게 말했다.

> "남자들은 모든 길에 선택지가 있어요. 가정을 꾸리고 아이를 가지면서 동시에 일을 할 수 있죠. 하지만 (여자인) 우리가 일로 인정받고 싶으면 아직까진 하나의 선택지밖에 주어지지 않는 경우가 많단 말이에요. 여자들이 계속 출산 파업을 한다면 사람들이 깨닫는 게 있겠죠."*

출산을 장려하는 사람들도 빨리 깨닫기를 바란다.

자신이 행복하다는 걸 증명하기 위해 나와 다르게 사는 사람들의 행복을 인정하지 않고 오히려 죄책감을 주려 하는 한, 우리는 미래로 한 걸음도 나아갈 수 없다.

사유리 모자의
유쾌하고 당당한 삶을 응원하며

"지금이야 괜찮다 쳐도 나중에 나이 들어봐. 그땐 아이 안 낳은 거 후회할걸."

사십 대 초반까지만 해도 엄마를 비롯해 많은 사람들에게 이런 소리를 들었다. 그런데 오십을 넘기고 나니 결혼해서 출산할 가능성이 희박해져서 그런지 다행히 제3자의 걱정은 줄었고, 엄마의 걱정은 결이 달라졌다.

"나는 네가 챙겨주니까 다행이지만, 너는 늙었을 때 널 챙겨줄 사람이 없잖아. 엄마는 그게 가장 큰 걱정이야."

요즘 내 삶은 조금 달라졌다. 여태까지의 생활이 내

위주의 패턴이었다면, 이제는 엄마를 염두에 두고 계획을 짠다. 여든을 넘긴 엄마에게 내 시간과 돈, 마음을 투자하자는 결심을 했기 때문이다. 조금 덜 벌더라도 엄마와 시간을 많이 보내고, 엄마가 존중받는다는 느낌이 들도록 최선을 다하려고 한다. 그런 나를 보며 엄마는 고마우면서도 한편으로는 걱정이 되는지, 전과는 다른 걱정을 털어놓곤 하신다.

자식이라는 것. 나는 낳아보지 않았으니 자식이 있는 미래를 그려볼 수 없다. 내가 그릴 수 있는 건 나에게 자식이 없더라도 엄마가 걱정하지 않는 삶을 사는 그림이다. 하지만 사회는 여전히 혼자 나이 드는 사람에 대해 부정적이다.

엄마와 함께 〈어쩌다 사장〉이라는 예능 프로그램을 같이 보다가 당황스러운 장면을 접했다. 슈퍼마켓에 손님으로 온 노부부가 출연진들에게 이런 말을 한 것이다.

"자식 없이 늙으면 개밥에 도토리다. 자식이 많아야 행운이야."

그 자리에서 유일하게 자식이 없던 배우 조인성 씨

는 순간적으로 머쓱해져버렸다.

악의 없는 말이었고, 어르신 세대의 가치관으로는 당연히 할 수 있는 염려라는 걸 안다. 우리 엄마가 나를 보면서 하는 염려와 맞닿아 있는 지점이기도 하다. 그래서 엄마가 그 장면을 보면서 한마디 하시겠거니 했는데 다행히 엄마는 침묵하셨고, 나는 잠시 자식이 없어서 개밥에 도토리가 되는 내 노후를 강제로 그리게 되었다.

늙어서 개밥에 도토리가 되지 않으려면 아이를 낳아야 하나? 그런 고민을 해보지 않은 건 아니다. 아이들을 예뻐해서 결혼을 떠나 그냥 아이를 낳고 싶다는 생각을 한 적도 있다. 그러나 그건 그저 단순한 바람이었을 뿐, 사회적 분위기나 내 상황을 고려했을 때 나는 아이만 낳아서 키울 만한 용기가 없었다.

그래서 자발적 비혼모를 선택한 연예인 사유리 씨의 모습이 쇼킹하면서도 신선했다. 그 생각까지 미치지 못했던 걸 보면, 어쩌면 나는 그렇게 적극적으로 아이를 열망하지 않았을지도 모르겠다. 내가 가지 못한 길을 선택한 사유리 씨를 응원하는 이유도 남들이 가지 않은 길을 가고, 자발적 비혼모로서 다른 사람들에게 좋은 롤 모델이 되어줄 거란 기대가 있기 때문이다.

그런데 사유리 씨가 육아 예능 프로그램 〈슈퍼맨이 돌아왔다〉에 출연했을 때, 사유리 씨의 출연을 반대하는 청원이 올라왔다.

"비혼모 출산 부추기는 지상파방송 방영을 즉각 중단해주세요."

청원인은 한국의 저출산과 결혼 기피 현상을 언급하면서 "이럴 때일수록 공영방송이 '올바른' 가족관을 제시하고 결혼과 '정상적인' 출산을 장려하는 시스템과 프로그램이 만들어져야 한다"고 주장했다. 그러면서 "그런데 이 프로그램은 오히려 '비혼모'를 등장시켜서 청소년들이나 청년들에게 비혼 출산이라는 '비정상적인' 방식이 마치 정상인 것처럼 보여주고 있다"며, 공영방송에서는 '바람직한' 가정상을 제시해주길 요청한다고 말했다.

청원인이 말하는 '올바른' 가족관은 무엇일까? 엄마와 아빠가 아들딸 구별 않고 둘만 낳아 잘 기른 4인 가족인가? 놀랍게도 일부에서는 이 청원을 독려하면서 "아버지의 부재로 아이가 겪을 정신적 혼란과 고통, 결혼이 아닌 비혼의 테두리에서 출산한 모든 부정적이고 어려운 모습은 전혀 비춰지지 않고 미화되고 있다. 어린이 청소년의 결혼과 가정 가치관 형성에 매우 편파적이고 좋지 않은 영향을 끼칠 것으로 예상된다"고 이야기한다고 한다.

이쯤 되면 공적인 사회적 차별에 해당하기 때문에 이야기가 달라진다. 아버지의 부재 가운데 아이가 겪을 정신적 혼란과 고통이라니. 아버지가 부재한 가정이 우리나라에 얼마나 많은데……. 이들이 한부모 가정에 어떤 편견을 가지고 있고, 주변의 한부모 가정을 어떤 식으로 대할지 눈에 선하다.

'정상적인' 출산이라는 말은 또 무엇인가? 구체적인 설명은 없지만, 글의 맥락을 봤을 때 결혼이라는 제도를 통과한 사람만이 정상적인 출산을 한다고 판단한 듯 보인다. 정상과 비정상의 기준은 무엇이고, 그것을 정한 사람은 누구일까? 만약 국가가 기준을 정했다 치더라도, 그것이 모든 국민이 반드시 지켜야 하는 절대적이고 영구불변한 진리는 아니다.

비혼을 이야기하면, 저출산 문제가 비혼 여성들의 탓이라고 하는 사람들이 있다. 그런데 이젠 여성이 아이를 낳아도 뭐라고 한다. '올바르게' '정상적으로' 낳으라고. 비혼을 선택한 것도, 비혼 출산을 선택한 것도 결혼을 선택한 것만큼 존중받아야 할 개인의 선택인데 말이다.

세상에는 수많은 삶의 결이 있고, 사람마다, 가정마다 각자의 사정과 서사가 있다. 그런 배경 위에서 사람들은 결혼을 선택하거나 비혼을 선택한다. 출산도 마찬가지다. 그러므로 옳다, 그르다, 정상이다, 비정상이다 하면서 타인을 판단할 자격은 누구에게도 없다.

자신과 '다른' 삶을 존중 없이 정상과 비정상의 개념으로 가르고, 자신만의 잣대로 죄가 있다고 단정하는 것은 엄연한 편견과 혐오다. 청소년과 청년 들에게 전파될까 두려워해야 할 것은 그런 혐오와 편견 아닐까. 그래서 나는 더 많은 사유리 씨가 나오길 바란다. 다양한 삶을 존중해주는 사회가 될수록 그 누구의 삶도 '개밥에 도토리'로 평가되지 않을 테니까.

나 자신을 제대로 사랑하는 법

비혼으로 살고 있지만 나도 누군가와 맺어질 뻔한 적이 몇 번 있다. 나는 내 연애사를 대부분 엄마와 공유했기 때문에 엄마는 가끔 나에게 이런 말을 했다.

"그때 개랑 결혼했어야 했어."

내가 그 사람과 계속 인연이 이어져서 결혼까지 갔을지 알 수 없는데도, 엄마는 뭔가 아쉬울 때마다 그런 말을 했다. 지금은 그런 말조차 하지 않지만.

그 대신 내가 좋아하는 배우 유해진 씨가 티브이에 나올 때마다 농담 반 진담 반으로 "여기 좋은 신부감 있어요. 이리 오세요" 한다. 어느 날은 네가 방송국에서 일하니 잘하면 볼 수 있지 않겠느냐면서 진지하게 물어보기도 했다. 이 말도 안 되는 진지함은 우리 엄마도 어쩔 수 없는 고슴도치 엄마이기 때문에 나올 수 있는 것이겠지.

가끔은 나를 지나쳐간 인연들에 대해서 생각한다. 그때 그 사람과 결혼까지 갔으면 나는 지금쯤 아들딸 낳고 잘 살고 있을까. 그 사람과 헤어진 건 잘못된 선택이었을까.

젊었을 적 엄마는 꽤 멋쟁이고 예뻤다. 내가 봐도 엄마는 화려한 미인이었다. 그래서 엄마를 쫓아다닌 남자들도 많았다고 한다. 그중에는 그야말로 좋은 학벌과 집안, 직장을 가진 사람도 많았는데, 유독 이야기가 기억에 남는 분이 있다.

서울 상위권 대학을 나오고 꽤 번듯한 직장에 다녔다는 남성분. 우리 엄마를 엄청 쫓아다녔다고 한다. 키까지 훤칠한 신사였다는데 이상하게 엄마는 그 사람이 당기지 않았다고 한다. 그 대신 집은 찢어지게 가난하고 시누이만 세 명이 있는 외아들인 아빠를 선택해서 결혼했다. 시집살이를 고되게 하고, 집이 너무 가난해서 점심때가 되면 한 손으로는 오빠 손을 잡고, 나는 등에 업고 친정으로 향했다고 한다. 한 끼라도 공짜로 해결하기 위해서.

금호동 산동네에 세 들어 살다가 연탄가스를 마신 적이 있다는 이야기도 들었다. 그러다 노환으로 걷기조차 불편해진 할아버지를 방 두 개짜리 집에서 모시기도 했다. 안방 벽을 짚고 걷던 할아버지의 모습이 지금도 종종 떠오른다.

언젠가 엄마한테 "엄마, 그때 그 아저씨한테 시집갔으면 그런 고생 안 했을 텐데 왜 복을 차버렸대?" 하고 물은 적이 있다. 엄마의 대답은 이랬다.

"내가 고생하려고 그랬지, 뭐. 그땐 이상하게 아빠한테 끌리더라구."

'지인지조'. 지 인생 지가 조진다고 하던가. 물론 엄마가 그 아저씨를 선택했어도 평생 호강하며 살았을지 어떨지는 알 수 없는 일이지만, 가지 않은 길에는 미련이 남는 법이니까.

"그래도 너네 낳아서 내가 지금은 이렇게 복을 누리니 됐어. 사람은 늦복이 있어야 되는데, 나는 늦복은 많은 거 같아. 그럼 됐지, 뭐."

엄마가 인생 모토로 하는 말이 딱 두 개 있다.

"헤어질 때 잘 헤어져라."

"늦복이 있어야 한다."

엄마의 첫 번째 모토처럼, 사람과 만나고 헤어질 때는 선택이 필요하다. 아니, 사실 모든 인생은 선택에 따라 달라진다고 해도 과언이 아니다.

앞에서 말했듯 나도 가끔은 그 사람과 결혼하지 않은 내 선택이 잘못된 것이었을까 후회하기도 한다. 그가 잘되길 바랐으면서도 진짜 그가 잘 살고 있는 걸 알게 되었을 때, 그런 후회가 자존심을 챙길 새도 없이 진격했다.

또, 방송국에서 어느 날 갑자기 데일리 프로그램을 해보지 않겠느냐는 제안을 받았을 때, 그걸 하겠다고 선택하지 않았다면 해고되는 아픔을 겪지 않았을까, 하는 생각이 들 때도 있다.

이처럼 내가 한 선택을 후회하고, 결국 내가 잘못 선택했다는 걸 인정해야만 할 때가 있다. 그럴 때 내가 할 수 있는 건 잘못된 선택을 했다는 사실을 받아들이고, 그 다음에 어떻게 대처할지 고민하는 것이다. 내 선택의 결과들을 감당하면서 버릴 것은 버리고 다른 길을 찾아서 나아가야 하는 것이다.

엄마의 선택이 그렇다. 엄마는 자신이 한 선택으로 인해 오랜 시간 고생했다. 고된 시집살이를 견뎌야 했고, 아빠의 박봉 때문에 아끼고 또 아껴야 하는 고달픈 삶도 겪어야 했다. 하지만 엄마는 자신의 선택에 최선을 다했고, 피하지 않고 감당했다.

우리는 불완전한 존재여서 어떤 선택이 가장 완벽한지 알 수 없다. 그래서 모든 선택은 불완전하다. 그 사실을 인정하고, 선택 뒤에 따라오는 결과에 대해 최선을 다해 감당하고 책임지는 것에서부터 진짜 삶이 시작되는 것 아닐까.

나도 그 사람과 결혼했다면 사모님 대접을 받으며 잘살았을지 모르지만, 지금은 그쪽을 선택하지 않은 다른 쪽의 삶을 충실히 살아내고 있다. 혼자 모든 것을 감당해야 하는 삶을 잘 견디고 있다.

이제는 가지 않은 길에 대한 미련도 별로 없다. 결국 겪을 일은 다 겪게 되어 있고, 누구도 인생에서 잘못된 선택을 다 피해갈 수 없다. 앞에서 말했듯이, 우리는 불완전한 존재이기 때문이다.

엄마는 다 견디고 감당하며 살아온 끝에 늦복이 왔다고 본인의 삶을 해석하고 그것에 만족한다. 그런 엄마처럼 이만하면 괜찮다고 여기는 쪽을 고르는 것도 좋은 선택이 아닐까 싶다.

엄마가 스스로 늦복이 있다고 여기는 이유는 명확하다. 첫째는 여든이 넘어서까지 건강하다는 것, 둘째는 용돈 정도는 받지만 자식들에게 경제적 피해를 주지 않을 만큼의 여유가 있다는 것, 셋째는 (자식들이 결혼을 하지 않았다는 부분에서 자유로워진 뒤 얻은 대가인) 자식들과 함께 살고 있다는 것, 넷째는 소소하게 수다떨고 식사를 함께할 수 있는 친구들이 있다는 것이다.

엄마가 스스로 늦복이 있다고 말하는 걸 보면서 나도 나에게 와주었으면 하는 늦복에 대해 생각해봤다. 내가 생각하는 늦복은 좋은 사람이 옆에 많은 것이다. 언젠가 연예인 김숙 씨의 유튜브를 보고 겨울 장박을 간 적이 있는데, 친구가 함께 따라나섰다. 누군가 그 모습을 보고 내게 이렇게 말했다.

"장박을 같이 갈 친구도 있고, 성공한 인생이네요."

나이가 들어갈수록 이런 말이 와닿는다. 중요한 것들이 젊을 때와 달라진다. 물론 돈도 필요하지만, 그보다 더 중요한 건 좋은 사람들이다. 좋은 삶은 좋은 사람들과의 관계를 통해 만들어지기 때문이다.

사실 나이가 들수록 새로운 인연을 만나는 것에 게을러진다. 조금은 두렵기도 하다. 그것에 쏟을 만한 에너지가 별로 없어서다. 그래서 나는 가급적이면 내 옆에 있는 사람들에게 좀 더 집중하려고 한다.

내 에너지가 얼마만큼인지 잘 알고 있기 때문에, 나는 언제나 '좋은 만남'을 선택하고 싶다. 내가 원하는 늦복을 누리기 위해서.

"'좋은 사람'을 찾는 여정이랄 것에는 어느 정도 다양한 사람을 만나 보는 것도 필요한 것 같다. 다양한 사람들을 만나다 보면 내가 어떤 사람과 어떤 이야기를 하며 어떤 가치를 나눌 때 가장 마음이 좋은지, 삶의 좋은 의욕이 생기는지, 꼭 필요한 위안을 느끼는지를 알 수 있다. 삶은 어쩌면 자신이 정말 만나고 싶은 사람을 얼마나 만나느냐에 달려 있다. 그들과 얼마나 깊이 소통하고, 그들로부터 얼마나 깊은 영향을 받는지에 달려 있다. 결국 사람이 삶이 되고, 사람이 삶을 만든다."*

엄정화에게서 배우는
멋지게 나이 드는 법

존재 자체가 힘이 되는 사람이 있다. 그 사람이 거기 있어 주는 것만으로 고마운 사람.

몇 년 전, 나는 프랜차이즈 음식점에서 아르바이트를 했다. 그전에는 공인중개사 시험을 준비했는데, 일하면서 슬슬 공부하다가 똑 떨어졌다. 노후를 위해 자격증이라도 하나 갖고 있어야 한다는 생각으로 뛰어들었다가 보기 좋게 쓴맛을 본 것이다. 그래도 자격증 대신 건진 게 있다. 그때 같은 학원에서 공부하던 한 언니와 친해졌는데, 지금까지 좋은 인연으로 이어지고 있으니 자격증만큼

이나 귀한 사람을 얻었다고 생각한다.

나보다 네 살 정도 위고 대기업 임원으로 일하다 퇴사한 그 언니와는 동네 친구, 소위 '동친'이다. 덕분에 종종 만나 편하게 커피를 마시며 수다를 떤다. 그러던 어느 날, 언니와 이런저런 이야기를 나누다가 함께 아르바이트를 하자는 데 의견이 모였다.

당시 나는 방송국에서 주말 프로그램만 하고 있었기 때문에 수입은 최저임금 수준, 그나마도 할 수 없게 된 시점이었다. 내 나이에 다시 주중 메인 프로그램으로 갈 가능성은 없어 보여서 뭘 해야 먹고 살 만큼 벌 수 있을지 막막한 때였다. 언니도 공인중개사 시험에는 합격했지만, 부동산 시장 상황상 개업을 하거나 취업을 하기엔 어려워서 다른 일자리가 필요했다. 그래서 아르바이트 이야기가 나오니 의기투합이 된 것이다.

대기업 임원까지 한 언니가 어떤 아르바이트를 하자고 할까 궁금했는데, 의외로 언니는 일을 가리지 않았다. 내가 '나는 한 프랜차이즈 햄버거 가게를 생각하고 있다'고 하자, 자신도 같이 원서를 내겠다고 해서 깜짝 놀랐다. 언니의 경력이라면 좀 더 좋은 일자리를 알아볼 거라 여졌기 때문이다.

"무슨 일 하느냐가 뭐 그리 중요해. 어딘가 나갈 곳이 있다는 게 중요한 거지."

언니는 돈도 돈이지만 출근할 곳이 있으면 어디든 좋다는 마음을 가지고 있었다. 남들이 자신을 어떻게 보는가는 전혀 신경 쓰지 않았다. 그래서 언니와 함께 햄버거 가게에 지원했는데, 나만 합격을 했다. 다행히 언니는 곧바로 경력을 살려 사무직 계약직에 합격했다.

그때 비슷한 상황의 언니가 옆에 있었던 덕분에, 가만히 앉아서 한탄만 하기보다 뭐라도 해볼 용기가 났다.

오 년 전, 글쓰기 모임에서 만난 친구가 있다. 글쓰기 동료로 지내다 함께 한 신문사 시민 기자로 활동하게 되었고, 각자의 글이 채택되는 기쁨을 누리며 친해졌다. 그렇게 신나서 글을 쓰다 보니 우리는 비슷한 시기에 책도 내게 되었다. 그전까지 전업주부였던 그는 자신의 전문 분야인 미술과 음악에 대한 책과 에세이를 냈고, 지금은 전국으로 강연도 다니고 있다. 당당히 작가로 자리매김을 한 것이다. 그런데 그는 거기서 멈추지 않았다. 어느 날 갑자기(그에게는 어느 날 갑자기가 아니겠지만) 드라마를 공부하겠다고 하더니 한국방송작가협회 교육원에서 운영하는 드라마 과정에 지원했고, 덜컥 합격했다.

드라마 생태계에 대해 건너건너 들어서 대충 알고 있던 나로서는 그의 도전이 살짝 무모해 보이기도 했다. 드라마 작가가 되겠다고 준비하는 사람이 워낙 많아서 경쟁률이 치열할 뿐만 아니라 지망생들의 연령대도 낮기 때문이었다. 그의 탁월한 재능을 알기에 응원하면서도, 한편으로는 혹시나 상처받지 않을까 걱정이 되었다.

그러나 그런 나의 걱정은 기우라는 듯, 그는 기초반을 거쳐 전문반까지 무난히 진급했고, 선생님들에게 꽤 좋은 평가를 받았다. 그러다 그의 재능과 성실함을 눈여겨 본 피디들과 인연이 닿기도 했다.

그는 입봉하기까지 꽤 오랜 시간을 기다려야 했다. 열심히 미팅하고 회의하고 밤을 새며 작업하는데도 결과물이 손에 쥐어지지 않아 지치는 시기를 거쳤다. 그럼에도 불구하고 쓰기를 멈추지 않은 그는, 지난 8월에 네이버에서 주최한 제3회 플레이 온 극본 공모전에서 우수상에 당선되었다.

내 이야기를 쓰는 에세이에 이제 한계를 느낀다는 나의 고민을 듣고는 소설을 써보라며 권유를 한 것도 그다. 소설은 한 번도 생각해본 적이 없던 터라 망설이던 나에게 참고용 소설책을 사주기도 했다. 내가 웹소설에 도전해봐야겠다고 운을 띄우자, 갑자기 눈이 초롱초롱해지더니 그다운 재미있는 이야기 보따리를 풀어놓기도 했다.

결국 나는 그 친구 덕분에 소설을 쓰고 있다. 그의 열정과 성실함 그리고 넘어져도 다시 일어서는 근성은 자꾸 주저앉으려는 나에게 건강한 자극을 주기에 충분했다.

참 고맙고 멋진 여성들이다. 언니는 오십 넘어서 무슨 프랜차이즈 음식점에서 아르바이트를 하느냐는 시선을 이겨낼 수 있게 해주었고, 친구는 작가로서 또 다른 도전을 할 수 있게 해주었다. 그들이 준 위안과 격려는 아직도 내 마음속에 크게 자리잡고 있다.

내게 가장 인상적인 연예인을 꼽으라고 한다면 단연코 가수 엄정화 씨를 꼽겠다. 나이가 어느 정도 들고 나서 엄정화 씨가 가장 많이 들은 말은 발라드가수로 전향하라는 소리였다고 한다. 그때만 해도 우리나라 가요계에 댄스가수는 서른이 넘으면 발라드를 해야 한다는 선입견이 있었기 때문이다. 나이에 맞는 노래를 해야 한다는 것이었다. 나이가 든 만큼 춤을 그만 추어야 한다며 압박하는 시선들, 그 시선들과 이십 년을 싸웠다는 엄정화 씨는 이런 말을 했다.

"그 사람들 생각에 맞춰서 살았다면 지금의 나는 없었을 거예요."

엄정화 씨는 '나이'보다는 '자신만의 길'을 갔기에 지금의 자신이 있을 수 있다고 했다. 그리고 얼마 뒤, 한 예능 프로그램에서 만든 프로젝트 걸 그룹 '환불원정대'를 통해 드러난 '댄스가수' 엄정화의 존재감은 분명 뿌듯하고 든든했고, 누구보다 섹시했다.

또 엄정화 씨는 친구의 권유로 마흔다섯 살이 넘어 서핑을 시작했다고 한다. 늦었다면 늦은 나이. 그가 서핑을 배우겠다고 마음 먹게 된 건 호주 여행에서였다.

"일몰을 바라보고 있는데 할아버지 할머니가 여유롭게 바다에 보드를 던져 놓고서 패들링을 엄청 잘하고, 급할 것도 없이 파도를 마음껏 즐기시는 거야. 그 모습을 보고 꼭 나이가 시작과 끝을 정하는 건 아니구나, 했지."

잘 나이 든다는 건 뭘까? '나이에 연연하지 않는 것'이라는 말은 너무 뻔하다. 그렇다고 젊은 사람처럼 입고, 말하고, 행동하는 것을 의미하지는 않을 것이다.

나는 내 곁에서 나를 북돋아주고 용기를 준 두 여성과 가수 엄정화 씨를 통해 잘 나이 드는 법에 대한 하나의 단서를 찾았다. 다른 사람의 시선에 얽매이지 않고 자기가 있는 자리에서 계속 도전하며 잘 버티는 것.

물론 우리는 모두 나잇값을 해야 한다. 이때 나잇값을 하라는 건 나이에 맞게 철도 들고 성숙해지라는 뜻이지, 거기에 갇히라는 말은 아니다. 그래서 나는 종종 내가 '그 나이에 무슨 프랜차이즈 음식점 아르바이트야?'라는 시선에 굴복했다면 어떻게 되었을까 생각해본다. 아마 나이와 체면을 신경 쓰는 사람 쪽으로 기울었겠지.

불쑥 올라오는 '내가 이 나이에?'라는 나이의 선에 지지 않고 모든 일의 시작과 끝을 나이에 두지 않기. 그렇게 산다면 조금 더 다양하고 생동감 있게 나이 들 수 있지 않을까.

1인 가구를 위한
주거·돌봄 정책

일본의 정신과 의사이자 책 『나이 듦의 심리학』의 저자 가야마 리카는 오십 대 비혼 여성이다. 『나이 듦의 심리학』에는 나이가 들어가는 비혼에게 무엇이 필요한지 잘 제시되어 있다. 심리적인 부분뿐만 아니라 실질적으로 준비해야 할 것까지 모두 공감이 되면서도 유익했다. 그 중에서도 가장 공감이 간 것은 '주거' 부분이었다.

그는 아이 없이 혼자 나이 들어가는 생활의 현실에 맞부딪힌다. 그래서 대출을 낀 상태로 집을 갖고 있는 지금 이를 팔고 요양원 입주 비용을 마련해야 할지를 고민한다. 하지만 요양원은 최후의 보루고, 사실 그가 생각하는 미래의 주거 조건은 명확하다. 먼저 지금까지 누리던 것을 다 누릴 수 없다는 걸 인정하는 것. 그리고 너무 외롭지 않은 곳에 살면서 아주 가끔 문화생활을 즐기는 것.

이 부분을 읽으면서 고개를 끄덕였다. 내가 원하는 나의 노후 생활을 생각해보면 그와 별반 다르지 않기 때문이다. 외롭지 않고, 커피를 좋아하니 마시고 싶을 때 언제든 갈 수 있는 커피숍이 있고, 거기에 하나 더 추가한다면 가까운 거리에 병원이 있는 곳. 그 정도면 된다.

그러기 위해서는 '노후에 어디에 사느냐'가 중요하다. 노후를 위해서 나 스스로 준비해야 할 것도 많다. 예를 들면 노후 생활 자금이라든가 보험 같은 것. 이런 것들은 미리 차근차근 마련해두어야 한다. 하지만 시스템상 개인이 도저히 해결할 수 없는 문제들도 있다.

아이를 낳은 합법적 부부에게는 소득공제 혜택 등 많은 부분이 지원된다. 나 같은 비혼은 공제를 받지 못하고 있으니, 사실상 비혼세를 내고 있는 셈이다. 공제를 못 받는 것까지는 이해가 되고, 부양할 가족이 많은 가구에게 혜택을 주는 것도 괜찮다고 생각한다. 하지만 결혼을 하지 않는 청년들이 많아지고, 1인 가구의 비중도 점점 늘어가고 있는 지금, 주거 정책이나 복지제도의 개편은 반드시 필요해 보인다.

사람이 살아가는 데 있어 가장 중요한 건 집인데, 1인 가구 주거 정책은 여전히 미비하다. 특히 청약제도는 사실상 1인 가구를 배제하고 있다고 해도 과언이 아니다. 집은 주로 3040에게 필요한데 가족이 많을수록 청약가점이 올라가니, 3040 1인 가구에겐 그림의 떡이나 다름없다. 그나마 결혼이라도 했다면 신혼부부 특별공급(이하 '특공')에 생애최초주택자금대출, 신혼희망타운 등 선택할 수 있는 옵션이 많지만, 결혼을 하지 않은 경우에는 청약 자체가 거의 불가능하다.

한 언론은 2022년, 7인 가구(부양가족 만점인 35점을 받을 수 있는 가구) 중에 청약 만점(84점)자들이 속출하면서 3~4인 가구들이 희망 고문에 괴로워한다는 기사를 내놓기도 했다. 7인 가구라면 한 쌍의 부부를 기준으로 부양부모 2명, 자녀 3명 또는 부양 부모 1명, 자녀 4명 혹은 양가 부양 부모 4명, 자녀 1명으로 구성된 가정이다. 세상에 이런 집이 얼마나 될까.

다행히도 2021년 9월 국토부가 발표한 '생애최초-

신혼부부 특별공급제도 개편안'에 따라 1인 가구나 무자녀·고소득 신혼부부도 청약 당첨의 기회와 좀 더 가까워질 수 있게 되었다. 개편안에 따르면, 민간 분양에 한해 신혼 특공과 생애최초 특공 공급 물량 중 30퍼센트를 추첨제로 돌려 자녀 유무나 소득 기준을 따지지 않고 공급한다고 한다. 아주 반가운 변화다. 하지만 현재 우리나라 총 가구 수인 2238만 가구 중 1인 가구가 750만 명이란 점을 떠올려보면, 아직은 턱없이 부족하게 느껴진다.

1인 가구가 늘고 있는 것은 우리나라만의 일이 아니다. 다른 국가들도 늘어나는 1인 가구를 위한 정책을 내놓고 있다. 1인 가구용 공동주택과 임대주택 공급 확대, 주거 수당 등 다양한 주거 지원 정책이 그것이다. 일단은 주거를 안정시키고, 그걸 토대로 서로를 돌보고 지켜볼 수 있는 공동체를 만드는 것이다.

주택 공급은 모든 국민을 대상으로 포괄적으로 적용되어야 한다. 그래서 청년 쪽에 비중이 쏠려 있는 것이 다소 아쉽다. 노인 주거의 문제도 심각한데 말이다.

홀로 사는 인구는 노년층에서도 꾸준히 증가하고 있

다. 특히 혼자 사는 노인들은 갑작스러운 사고를 겪거나 고독사하는 경우가 많다. 그래서 노인 주거와 함께 고려되어야 할 것이 바로 돌봄이다.

얼마 전 갑상선에 문제가 생겨 대학병원에 가서 검사를 받은 적이 있다. 병원에 가보니 접수부터 영상촬영 CD를 복사하는 일까지 절차가 꽤 복잡했다. 당황스러웠다. 이내 안내 데스크를 찾아가 도움을 받긴 했지만, 기계에 익숙하지 않은 노인들이 이 복잡한 일 처리를 다 해낼 수 있을까 싶었다. 아마도 내가 더 나이가 들어서 이런 상황에 처했다면 분명 더 크게 당황했을 것이다.

이렇게 병원에 가는 것뿐만 아니라 노인 1인 가구가 질병이나 치매에 걸릴 경우 대비할 수 있는 시스템도 필요하다. 내가 나를 돌볼 수 없을 때, 혹은 위험한 순간이 닥쳤을 때 바로 도움을 청할 수 있는 시스템 말이다. 성년후견제도(2013년 7월부터 시행, 정도에 따라 성년후견·한정후견·특정후견·임의후견으로 나뉜다)가 있긴 하지만, 우리나라보다 먼저 노령화 사회를 맞은 일본에서도 이용률이 저조한 것을 보면 사회에 잘 정착할 제도라 하긴 어려울 듯하다. 돌봄을 개개인의 선택에 맡기기보다는 누구나 어려움 없이 혼자 살 수 있도록 정부 차원에서 관련 시스템을 고민해 마련하는 게 더 낫지 않을까.

비혼으로서, 그리고 나중에 1인 가구가 될 확률이 큰 여성으로서 예측해보자면, 내가 걱정하는 미래는 분명 현실이 될 것이다. 누군가는 "누가 혼자 살라고 했냐? 네가 선택해서 결혼 안 한 건데 왜 나라에 책임지라고 하냐?"라고 할지도 모르겠다. 그럼 비혼 1인 가구는 아무것도 요구해서는 안 되는 걸까. 결혼 안 한 죄(?)로 모든 불이익을 참고만 있는 게 맞을까.

나는 납세의 의무를 성실하게 이행하고 사는 국민이기에 국가에 최소한의 사회 안전망을 요구하고 싶다. 비혼자들이 더 이상 정책에서 소외되지 않길, 그리고 그들을 위한 최소한의 사회 안전망이 만들어지길 기대해본다.

오십 대,
한창 연애를 꿈꿀 나이

불과 몇 년 전까지만 해도 인사말처럼 들었지만 이제는 더 이상 받지 않는 질문이 있다.

"결혼 안 하니?"

"연애 안 하니?"

나이 오십이 결혼이나 연애와는 거리가 멀어진 나이여서 그런지, 아니면 이제 가망이 없다고 판단해서 그런지 이런 질문이 신기할 정도로 뚝 끊겼다. 추측하자면, 내가 그렇게 말하는 게 결례라고 여겨지는 나이가 됐기 때문이라고 생각한다.

얼마 전, 이삼십 대 때 교회에서 알고 지냈던 언니들

의 안부를 건너 들었다. 그 둘도 여전히 솔로인데, 어떤 모임에서 '결혼하고 싶다'고 이야기를 했다고 한다.

누군가에게 이런 이야기를 들으면 보통 어떤 생각이 들까? 적어도 내 경우엔 언니들의 마음이 이해가 돼서 진심으로 그들이 좋은 짝을 만나기를 기원했다. 나나 그 언니들은 어떤 신념이 있어서 비혼으로 살겠다고 마음먹은 것이 아니기 때문이다. 눈이 높아서든, 나와 맞는 짝을 만나지 못해서든, 혹은 일하다 때를 놓쳐서든, 각자의 환경과 사정으로 결혼에 이르지 못해 '어쩌다 비혼'이 된 케이스다.

처음부터 비혼으로 살겠다고 다짐한 것이 아니다 보니, 나도 마음 한구석에는 늘 좋은 사람을 만나고 싶다는 생각이 있었다. 그러다 혼자 사는 삶에 익숙해지면서 '굳이 누군가와 결혼해서 한집에서 살 필요가 있나?'라는 생각을 하게 되었고, 지금은 혼자 잘 사는 삶이 좋다는 쪽으로 추가 많이 옮겨진 상태다.

그러던 차에 오랜만에 만난 후배와 이야기하다가 간만에 연애 안 하느냐는 소리를 들었다. 누군가에게 그런 말을 들은 게 너무 오랜만이었다. 그리고 그 순간 "좋은 사람을 만나면 좋지"라는 대답이 자동으로 나왔다.

내가 어떤 말을 해도 함부로 판단하지 않고 잘 들어 주는 후배이기 때문에 솔직한 속내를 표현했지만, 그 정도의 신뢰가 없는 관계였다면 아마 대답하기를 망설였을 것이다. '혼자 사는 게 익숙한 오십 대 비혼녀가 연애를 꿈꾸는 건 주책이고 잘못된 걸까' 하며 눈치를 보고 스스로 검열했을 게 분명하기 때문이다.

"편하게 혼자 살지 뭐하러 나이 먹어서 결혼을 해?"

"점잖지 못하게 나이 먹어서 무슨 연애야?"

그런 편견의 말들에 물들어서 결혼은 모르겠고, 연애는 하고 싶다고 말하니 후배가 이렇게 말했다.

"언니, 오십 넘어서 돌아오는 사람도 많아요. 그러니 기대를 버리지 말아요."

후배의 진지한 조언에 웃음이 나왔지만, 돌아오는 길에 그 대화가 내내 마음속에 남았다. 그리고 여전히 연애를 기대하고 있는 나 자신에게 복잡한 마음이 들었다.

나는 서로 일상을 나누고, 서로의 아픔도 보듬어주고, 필요할 땐 옆에 있어 주고, 맛있는 것을 같이 먹고, 농담을 나누고, 가끔은 여행 파트너도 되고, 예쁘다거나 멋지다는 말도 건네고, 생일에 마음을 담은 선물을 준비하고, 햇볕 좋은 날에는 손 잡고 길을 거닐고, 지나온 시절을 함께 담담히 이야기할 수 있는 사람이 있으면 좋겠다고 생각한다.

하지만 결혼한 사람들이 들으면 대부분 '환상 깨라'라고 할 이야기라는 걸 안다. 그들이 혼자 사는 삶은 무조건 자유롭고 편안할 것이라는 무지갯빛 환상을 가지고 나를 바라보는 것과 비슷하겠지.

내 환상을 깨는 말들은 귀가 닳도록 들었다. 네가 데리고 살 남자면 모를까, 영화 〈로맨스 그레이〉에 나오는 멋진 남성은 그야말로 영화니까 가능한 거라고. 그런 건 일찌감치 단념해야 한다고.

나도 알고 있다. 나와 비슷한 세대의 남자들은 기본적으로 순종적이고 가정을 편안하게 해줄 여성을 찾는다. 오죽하면 기혼 여성들이 농담 반 진담 반으로 아들 하나 더 키운다는 말을 할까. 그래도 아직까지는 연애에 대한 기대나 환상을 완전히 접고 싶지는 않다.

비혼의 삶에 들어섰기에 결혼보다는 연애를 추구하지만, 내 연애 스타일에 맞는 사람을 찾는 것 또한 쉽지 않다. 같이 사는 것보다는 따로 살되 가까이 지내고, 같이 산다 해도 각자의 방을 갖고 독립된 생활을 하고 싶다고 하자, 내게 왜 연애하지 않느냐고 물었던 후배가 잠깐 생각하더니 말했다.

"언니, 한국 사회에서 언니 같은 가치관을 추구하는 중년 싱글 남성이 얼마나 될까요?"

그 말을 듣는 순간 '아, 맞다' 했다.

그래도 나는 앞으로 다양한 연애가 존재하고 이야기할 수 있는 세상이 되었으면 좋겠다. 그래서 배우 전도연 씨가 출연한 드라마 〈일타 스캔들〉이 여러모로 반가웠다. 〈일타 스캔들〉은 반찬가게를 운영하는 중년 여성이 유명 학원 일타 강사 연하남과 연애하는 로맨틱 코미디다. 꽤 인기를 끌면서도 한편으로는 주인공 정경호 씨와 전도연 씨의 나이 차 때문에 왈가왈부 말이 많기도 했다.

이에 대해 전도연 씨가 인터뷰에서 한 말이 인상적이었다.

"이 작품을 하면서 로맨틱 코미디를 할 수 있는 여배우에 대한 선입견에 대해 적나라하게 느낀 것 같다. '아직도 이렇게 여자 나이를 따지면서 잣대를 들이대는 세상이구나' 했다. 로맨틱 코미디라는 건 젊은 친구들의 전유물이 아니고 나이 들어서도, 십 년 후에도 할 수 있는 거라고 생각한다."*

난 드라마 주인공도 아니고, 전도연 씨도 아니니 잘나가는 연하남과 연애하는 꿈은 애초에 꾸지 않는다. 하지만 로맨틱 코미디가 젊은 사람들의 전유물이 아니라는 말에는 동의한다. 연애 또한 젊은 사람들만 할 수 있는 것은 아니다.

난 친구와 노는 게 가장 재밌다. 그렇지만 연애도 하고 싶다. 물론 연애를 꼭 해야만 한다거나 나에게는 남자가 필요하다며 초조해하진 않는다. 그런 미숙한 생각을 하는 단계는 이미 지나갔기 때문이다.

내 인생은 아직 많이 남았고, 길다. 그리고 인생은 생각지 못한 만남으로 가득 차 있지 않은가. 그러니 내가 연애를 못 할 이유는 어디에도 없다.

2
이렇게 살아도 괜찮아?
괜찮아!

결혼 압박 끝나니
돌봄 압박

나이 많은 비혼 딸을 둔 엄마는 나에게 결혼하라고 압박을 한 적이 없다. 일흔다섯을 넘기면서부터 가끔 친구 모임에 갔다 오시면 남들은 손주 자랑, 사위 자랑하는데 당신은 할 말이 없어서 가만히 앉아 있다가 왔다는 푸념만 종종 하실 뿐이다.

그런 엄마가 언젠가부터 나를 다른 종류의 말로 긴장시킨다.

"엄마가 나중에 치매에 걸리더라도 요양원에 보내지 마. 네가 날 돌봐줘."

또 며칠 뒤에는 했던 말씀을 뒤집으신다.

"너희한테 민폐가 되면 안 되지. 그냥 좋은 요양원에 보내줘."

엄마는 아직 치매 기미조차 보이지 않는데도 자신의 노후가 꽤나 걱정이 되나 보다. 처음에는 웃으면서 가볍게 넘겼는데 몇 번씩이나 반복해서 이야기를 하시니 나도 생각이 많아졌다. 오빠가 아닌 나를 콕 집어서 돌봐달라고 하는 걸 보면, 엄마는 당신의 노후를 나에게 맡기고 싶으신 모양이다.

"걱정하지 마세요. 내가 다 알아서 할게."

심각해지는 게 싫어서 가볍게 엄마의 말을 넘기지만, 언제부터인가 마음 한편이 무겁다. 내가 엄마를 사랑하는 마음과는 별개로 돌봄의 책임과 의무를 오롯이 혼자 짊어진다는 건 그렇게 간단한 일이 아니라는 것을 알기 때문이다.

각 가정을 들여다보면, 어느 집이든 아픈 어르신이 없는 집이 없다. 그러니 노인 돌봄은 어느 집이나 겪는 문제이고 누구에게나 일어날 수 있는 일이다. 하지만 돌봄 노동이 정말 공평하게 잘 이루어지고 있는지는 면밀하게 살펴볼 필요가 있다. 돌봄 노동을 하는 주체가 이상하게도 여성 쪽에 많이 기울어 있고, 그중에서도 장녀가 그 역할을 특히 많이 한다는 점에 이의를 제기할 사람은 거의 없을 것이다.

최근 'K-장녀'라는 신조어가 사람들 입에 오르내리고 있다. 'Korea'의 앞글자 'K'와 '장녀'의 합성어인 K-장녀는 가족을 돌보는 일이 장녀에게 부과되어 있다는 것을 함축하는 표현이기도 하다. '장녀는 엄마가 안 계실 때 가족들을 잘 보살펴야 한다'든가 '동생들을 위해 양보해야 한다' 등의 말이 대표적이다.

우리 집은 1남 1녀이니 나는 장녀이자 막내다. 다행히 장남 역할을 톡톡히 하는 오빠가 있어 장녀 역할을 강요받는 분위기가 아니었던 터라, 처음에는 이 단어가 남의 이야기처럼 느껴졌다. 그러나 곰곰 생각해보니 나 역시 K-장녀의 굴레에서 자유로울 수 없었다.

몇 년 전, 엄마가 수술을 하느라 병원에 일주일간 입원하신 적이 있다. 6인실 병동에서 엄마와 함께 지내는 동안 주변을 지켜보니, 아들이 와서 머무는 시간보다 딸이

머물면서 부모님을 돌보는 경우와 시간이 훨씬 많았다.

나도 그랬다. 오빠와 똑같이 직장 생활을 하고 있었는데 말이다. 그런데도 내가 엄마를 보살피는 보호자를 자처한 데는 나름의 이유가 있었다. 아무래도 내가 엄마와 더 친밀하니까, 엄마가 나의 보살핌을 받는 것이 더 편할 것이라고 판단했기 때문이다.

아마 나와 비슷한 처지에 있는 여성들은 공감할 것이다. 엄마와 자주 싸우기도 하지만 한편으로는 정서적으로 깊게 얽혀 있어서 엄마에게 감정을 이입하고, 내가 엄마를 책임져야 한다는 생각을 은연중에 하게 된다. 돌봄을 여성의 노동으로 규정하는 사회적 분위기도 무시할 수 없다. 이런 이유들로 인해 나도 누가 시킨 것도 아닌데 그 역할을 받아들인 K-장녀가 된 셈이다.

마흔을 넘어가면서부터 나처럼 '자연스럽게' 부모의 보호자 역할을 떠안게 된 여성들을 종종 만났다. 우리는 '딸'이라는 것 외에 좀 더 유의미한 공통점이 있었다. 공교롭게도 나를 포함해서 거의 '비혼'이었던 것이다. 한 친구는 혼자가 된 연로한 아버지를 위해 다니던 회사를 그만

두고 강릉으로 가서 그곳에 터를 잡았다. 위로 결혼한 오빠와 언니가 있지만, 서울로 오기를 꺼리는 아버지를 위해 결혼하지 않은 친구가 간 것이다. 또 다른 후배는 결혼한 언니들을 대신해 치매 초기인 어머니를 고향에서 자신의 집으로 모셔와 혼자 돌보고 있다.

"괜찮겠니?"라고 물었을 때, 둘의 대답은 비슷했다.

"어쩔 수 없잖아. 그나마 혼자인 내가 사정이 나은걸."

물론 남성 중에도 '돌봄 역할'을 담당하는 경우가 종종 있다. 그들도 대개 비혼이다. 이제는 부모 돌봄의 무게 중심이 성별을 떠나 '비혼'에게로 옮겨지고 있다는 느낌도 든다. 아직 몸도 정신도 건강한 엄마를 두고 이런 말을 하는 내가 이기적으로 보일지 모르겠지만, 노부모를 돌보는 책임이 비혼 자녀에게 쏠리는 문제는 분명 공론화할 만하다.

지금 생각하면, '비혼인 내가 돌보는 게 낫다'는 말에 너무 쉽게 동의한 것이 잘못 끼운 첫 단추가 아니었나 싶다. '장녀는 가족을 돌봐야 한다'는 가부장적 억압을 가정에서, 사회에서 장녀들에게 씌우고, 장녀들의 희생을 자연스럽게 만든 맥락과 크게 다르지 않기 때문이다.

딸이라는 이유로, 혼자 산다는 이유로 돌봄 노동을 책임지는 게 당연한 일일까. 부모님이 치매와 같은 병에 걸린 것을 그 가족의 불행으로만 여기고, 오롯이 한 개인에게 돌봄을 전가한다면 이 문제는 해결되지 않는다. 사회적으로 좀 더 다양한 논의를 하고 해법을 찾는 일이 필요하다.

우선 솔직하게 인정부터 하자. 노인 돌봄에 대해 개인이나 가족에게만 책임을 지우는 건 너무 무책임한 것이라는걸. 또 어떤 사람이든 부모님을 하루 종일 돌볼 수 있는 건 아니라는 걸 말이다.

우아한 가난은 없다

모두 알다시피, 돈으로 뭐든 할 수 있는 건 아니다. 그렇다면 돈이 없어도 정말 괜찮을까?

얼마 전 어떤 블로그에서 '우아한 가난'이라는 제목의 포스팅을 보고 든 생각이다. 가난이 우아할 수 있을까? 물론 그럴 수 있다. 돈을 적게 쓰면서 삶의 만족도를 높이는 사람들도 있으니까. 하지만 그 말 앞에 '늙어서도'라는 말을 붙이면 나는 가난이 우아할 수 있다는 데 반감이 들 것 같다.

올해 초부터 또 병치레를 했다. 임플란트 때문에 이

를 뽑았는데 임플란트를 심는 과정에서 신경을 건드렸는지 말로 표현할 수 없는 통증을 겪었다. 마약성 진통제를 먹고 나서야 겨우 진정이 되었지만, 그 과정이 너무 힘들었는지 후유증이 심각했다. 눈이 무거워서 뜨기가 힘들 정도로 체력이 떨어져버렸다.

더 이상 이렇게 지낼 수 없다는 생각이 들던 차에, 친구의 권유로 한의원에 찾아갔다. 맥을 짚어본 한의사가 대뜸 이렇게 말했다.

"지금 저하고 이렇게 마주 앉아 이야기 나누는 것도 너무 힘드시죠?"

그 말에 눈물이 쏟아질 뻔했다. 용한 점쟁이처럼 내 몸 상태를 딱딱 짚어내는데, 그 말을 듣고 어떻게 약을 안 먹을쏘냐.

결국 세 달 동안 한약을 먹었다. 약발이 잘 받아서인지 수면의 질이 좋아졌고, 푹 자고 일어나니 몸이 한결 나아졌다. 이제 눈도 무겁지 않다. 운동할 힘도 생겼다. 지금의 컨디션은 백만 원이 넘는 한약으로 되찾은 것이다.

엄마도 나와 상황이 별반 다르지 않다. 어느 날 갑자

기 어지럼증을 호소하신 엄마는 어지럼증이 나타날 때마다 체력이 급격히 떨어지셨다. 병원에 모시고 갔더니 다른 곳은 이상이 없다면서 대학병원에 가서 엠알아이를 찍어볼 것을 권하며 소견서를 써주었다.

미룰 일이 아닌 것 같아서 당장 모시고 갔더니 엠알아이 비용이 육십만 원. 비용을 듣는 순간, 머릿속에서 지진이 났다. 그래도 검사를 하는 편이 마음이 놓일 것 같아서 결제를 했고, 다행히 머리 쪽에는 이상이 없다는 결과가 나왔다. 검사 비용이 안심 비용이 된 셈이다.

이처럼 한 해 한 해 엄마와 나의 병원비와 약값에 들어가는 돈이 늘어난다. 자잘한 비용은 말할 것도 없고, 엠알아이처럼 통장이 휘청거릴 만큼의 큰 금액도 나갈 일이 종종 생긴다.

이는 불시에 찾아오는 '만약'을 대비한 돈이 필요하다는 뜻이기도 하다. 예비금이 없으면 많이 아파도 검사나 치료를 제대로 받을 수 없기 때문이다.

엄마와 함께 병원에서 대기하는 동안, 주변을 살펴봤다. 육십 대 이하의 젊은 환자는 10퍼센트 정도, 다른 환자들은 거의 육십 대 이상이었다. 대학병원에 올 정도면 다들 검사를 필수로 할 텐데, 얼마나 큰 비용을 지불하게 될지 가늠이 되었다.

나의 씀씀이를 내 재정 규모에 맞춰서 줄이는 것은 하나도 어렵지 않다. 사람은 어떻게든 본인 사정에 맞게 살아갈 수 있으니까. 하지만 몸이 아파서 병원에 가는 건 줄이거나 미룰 수 있는 일이 아니다. 금전적인 문제 때문에 몸이 아파도 바로 병원에 갈 수 없거나 치료를 받기 어렵다면 굉장히 무기력하고 슬플 것 같다. 그건 생활의 규모를 줄이는 것과는 완전히 결이 다른, '생존적 가난'이니 말이다.

자린고비처럼 굴비를 매달고 쳐다보기만 하며 사는 것을 별로 좋아하지는 않지만, 노후에 생존적 가난을 면하기 위한 비용은 반드시 마련해두어야 한다. 부양해줄 자녀나 배우자가 없는 1인 가구라면 더 말할 것도 없다. 그러니 생존 비용을 마련하기 위한 오래 일할 수 있는 돈벌이는 무엇보다 중요하다.

중년 비혼들의 이슈를 다룬 책 『에이징 솔로』(김희경 저, 동아시아, 2023)는 이 문제에 대해 매우 공감가는 설명을 다음과 같이 해준다.

"모든 성인의 과제인 돈벌이가 에이징 솔로에게는 단순한 생활 방편을 넘어 존재의 확인과도 같다. 자신이 돈을 벌지 않으면 '혼삶'이 불가능하기 때문이다. 기혼 여성은 배우자에게 잠깐 의지할 수도 있고 자녀 양육을 하면서 보람을 느낄 기회도 있겠지만, 에이징 솔로는 돈을 벌지 못하면 자존이 흔들릴 정도로 타격이 크다."*

내가 마음 편히 지낼 수 있는 집과 서로 안부를 나눌 수 있는 친구와의 만남, 활력을 위한 취미 생활. 이 모든 것이 따지고 보면 다 돈이 필요하다.

앞에서 이야기했듯 돈으로 모든 걸 할 수 있는 건 아니지만, 돈이 없으면 안 되는 일도 많다. 나이가 들수록 돈이 없으면 문제가 되는 경우가 많아진다는 것을, 나이를 먹으면서 깨닫고 있다.

엄마가 우리 남매에게 이런 말을 한 적이 있다. 당신 통장에 일억만 넣어달라고. 당시에는 우리 엄마가 웬 돈 욕심이 저렇게 있나 하고 의아해했지만, 지금은 엄마의 마음이 이해된다. 진짜 일억이 아니라, 엄마가 안심하고 노후를 보내기 위한 안심 비용이 필요하다는 말이었던 것이다. 이제 팔순이 넘어 보험도 적용 받지 못하는 엄마에게 언제든 병원에 가서 치료받을 수 있는 돈은 엄마의 새로운 보험이다.

나도 약과 병원에 들어가는 비용이 점점 늘어나면서 이러한 돈에 대한 개념을 터득했다. 건강보험과 상해보험이 하나씩 있고 보험의 보장 기간도 늘렸지만, 그것만으로는 부족하다. 그래서 지금부터 은퇴 후에도 자금이 돌 수 있는 시스템을 만들기 위한 재테크 공부를 하고 있다. 늦었다고 생각할 수 있지만, 아예 시작하지 않는 것보다는 나을 테니까.

삶이 종종
우리를 배신해도

삶은 종종 우리를 배신한다. 갑자기 재난 같은 일을 당하고 마는 것이다. 나 역시 열심히 살아도 꼭 결과가 좋지만은 않다는 걸 뼈아프게 경험한 적이 있다.

지하철 첫차를 타고 출근해서 밤 아홉 시가 되어서야 퇴근을 할 정도로 열심히 살았던 적이 있다. 세상에서 탈락하지 않기 위한 몸부림이었다. 그때가 마흔 중반이었으니, 어렵게 잡은 일자리를 지키기 위해서는 무조건 열심히 하는 수밖에 없다고 생각했다. 아무도 시키지 않은 별 보기 운동을 스스로 하며 몸에 탈이 나도 꾸역꾸역 이

겨냈다.

그렇게 일에 나를 갈아 넣고 있는 와중에 어느 날 갑자기 해고 통보를 받았다. 그 충격은 꽤나 오래 갔고, 아무도 답해주지 않는 항의를 지치지 않고 계속했다.

'왜? 난 열심히 했는데 도대체 왜 나한테 이런 일이 일어난 거지?'

지금 생각하면 그때만 해도 분노하고 슬퍼할 힘이 있었구나 싶다. 그렇게 폭풍 같은 시간을 보낸 뒤, 억울하고 부당하긴 해도 삶은 공식대로 흘러가지 않는다는 걸 체득하자 그다음부터는 오히려 마음이 편안해졌다. 안 되는 일을 굳이 되게 하려 애쓰지 않게 되었고, 아쉬워도 내 것이 아닌 것은 흘려보내는 여유도 생겼다. 나이와 경험이 준 선물이었다.

이렇게 힘겹게 고난을 통과했으니 '합격~' 하고 끝날 줄 알았는데, 얼마 전 재난 같은 일이 또 일어났다. 이번에는 오빠에게.

내가 아는 오빠는 성실하고 정직하게 일을 하는 사람이다. 그런데 어느 날, 갑자기 표적 감사를 당하고 장장 오 개월 동안 마음고생을 하다가 결국 해고 통보를 받았다. 이십팔 년 동안 몸을 갈아 넣어서 일한 회사로부터 당한 배신이었다. 거대한 기업 앞에서 개인이 아무리 억울하다고 소리쳐봐야 계란으로 바위를 치는 일이었다.

슬픔이나 억울함보다 당장 더 앞선 것은 생계에 대한 걱정이었다. 지금까지 누려왔던 것들을 이제는 누릴 수 없게 될지도 모른다는 걱정. 이제야 겨우 살 만하다 싶었는데, 얄궂게 이런 고난이 찾아오다니. 오빠는 우리 집의 실질적 가장이었다. 내가 프리랜서로 일을 하며 버는 돈은 이백만 원 남짓. 생필품을 사고 보험료나 적금, 공과금을 내고 나면 내 용돈으로 쓸 돈조차 빠듯했다.

사정이 이렇다 보니 집에 들어가는 큰돈을 쓰는 것은 모두 오빠의 몫이었다. 다행히 오빠는 가족에게 헌신적이고 자상한 성격이라 특별히 요청하지 않아도 우리 집에 필요한 것들을 알아서 미리 채워주곤 했다. 그러고도 생색을 내는 법이 없었다. 우리 가족이 가끔씩 여행을 갈 수 있었던 것도 오빠 덕분이었다. 우리가 스스로를 중산층이라고 여기며 살 수 있었던 건, 오빠 때문이라고 해도 과언이 아니었다. 그랬기에 오빠의 해고 소식은 우리 가족이 딛고 서 있는 땅이 흔들리는 일이었다.

경제적인 것보다 더 걱정되는 건 엄마였다. 어르신들은 급작스러운 환경의 변화가 심신에 좋지 않다고 해서 이사도 하지 않고 있는 마당에, 오빠의 해고 소식은 큰 충격일 것이 틀림없었다. 어떻게 엄마에게 이 일을 전해야 할지 고민이 되었다.

처음에는 숨길까 했지만 숨기는 데도 한계가 있고, 가족의 일을 엄마에게만 말하지 않는 것도 예의가 아닌 것 같았다. 그래서 내가 해고당했을 때를 생각해봤다. 큰 상처를 받은 데다가 곧바로 갱년기까지 찾아와서 몸도 마음도 너덜너덜 누더기가 된 나를 보는 일은 엄마한테도 고역이었을 것이다.

"내가 너 때문에 얼마나 몰래 울었는지 알아? 그때 흘린 눈물이 한강 물보다 많을 거야."

하지만 엄마는 내 앞에서 한 번도 눈물을 보인 적이 없다. 내가 가라앉으려고 할 때마다 불러내서 공원에 같이 가자 하셨고, 내 기분을 풀어주기 위해 엄마 입맛에 맞지도 않는 음식점에 가서 내가 좋아하는 음식을 먹자 하셨다. 먼저 여행을 가자고 제안하시기도 했다. "마음을 명랑하게 가져. 웃고 있으면 복이 들어와" "사람이 나쁜 일만 생기지 않아. 아무리 큰 어려움도 십 년은 넘지 않는다더라. 너는 지금까지 많은 일을 겪었으니 좋은 일이 저기서 달려오고 있을 거야" 하며 나를 위로해주기도 했다.

그때는 내 아픔만 생각하느라 엄마가 쌀로 밥 짓는 당연한 소리를 한다고 생각하며 흘려들었는데, 지금 와서 생각해보니 그때의 엄마는 참 강했다.

그래서 오빠에게 말했다.

"우리 엄마, 생각보다 강해."

물론 오빠가 당한 일을 자세히 말할 수는 없었다. 엄마 마음이 너무 아플 것 같아서. 엄마가 아무리 강하다 해도 이제는 더 이상 엄마를 아프게 하고 싶지 않았다. 엄마의 '칠십 대 때만 해도 한 해가 달랐는데, 팔십을 넘기고는 하루하루가 다르다'는 말처럼, 내가 해고를 당했던 그때의 엄마와 지금의 엄마는 또 다르니까.

그래서 타협점을 찾았다. 우리는 오빠네 회사가 구조조정을 하는 과정에서 오빠도 대상이 되어서 회사를 나오게 된 것으로 입을 맞추기로 했다. 그 이야기를 하는 것조차도 엄마가 어떻게 받아들이실지 알 수 없어 긴장이 되었다. 옛날 사람이어서 회사를 나오면 큰일 난다고 생각하는 엄마에게 우리 집 기둥인 오빠의 퇴사는 하늘이 무너지는 것 같은 일일 게 틀림없었기 때문이다.

디데이를 정하고, 두근거리는 마음으로 엄마에게 오빠가 퇴사하게 되었다고 말했다. 그리고 엄마의 반응을 조심스레 살폈다.

"할 수 없지, 뭐. 다 소나기를 맞는데 어떻게 우리만 안 맞겠어."

엄마는 생각보다 쿨하게 받아들이셨다. '역시 엄마는 강하구나' 하고 안도가 되면서도 오빠가 겪은 일을 엄마에게 다 털어놓을 수 없다는 사실에 마음이 쓸쓸해지기도 했다.

어릴 때는 엄마에게 많은 이야기를 했다. 기쁜 일이든 슬픈 일이든 나쁜 일이든 좋은 일이든. 하지만 어느 순간부터 나쁜 일은 숨기게 되었다. 엄마가 걱정한다고 해결될 일도 아니거니와, 그 때문에 공연히 엄마가 힘들어하는 것보다는 내가 혼자 짊어지는 것이 더 낫다고 생각하기 때문이다. 이것 또한 내가 엄마의 보호자 역할을 조금씩 더 하게 되면서 일어난 변화다.

어른이 된다는 건 이런 걸까. 속으로 삼키는 말도 많아지고, 그만큼 혼자 감당해야 하는 것도 늘어나고, 짊어져야 하는 책임도 무거워진다. 그래서 한 살씩 나이를 먹을 때마다 생각한다.

'와, 어른들은 도대체 어떻게 산 거야? 우리 엄마는 이런 삶을 어떻게 살아왔대?'

대단하다. 그래서 이제는 그 무게를 좀 덜어드리고 싶다. 그 정도는 짊어질 수 있을 만큼 나도 어른이 되었으니까.

엄마의 '다 소나기를 맞는데 어떻게 나만 피할 수 있겠어'라는 말은 삶의 그림자도 조금은 여유롭게 품을 수 있는 지혜를 내게 주었다. 그래서 지금은 기꺼이 이렇게 말할 수 있다.

부러지고 휘어지는 날의 연속이어도, 어떻게 좋은 일만 일어나겠나. 어떻게 좋은 시절만 살 만하다 할 수 있겠나. 그냥 사는 거지.

날벼락도 행복도 원 플러스 원

나도 비혼인데 나보다 두 살 위인 오빠도 비혼이다. 자식 둘이 전부 결혼을 안 했으니 겉으로 티를 많이 내진 않았어도 꽤나 답답했을 텐데, 엄마는 우리에게 결혼 문제로 스트레스를 준 적이 별로 없다. 간혹 친구들 모임에 나갔다가 누군가 늘어놓은 손주 자랑을 듣고 온 날이면 '다들 손주 자랑하는데 난 자랑할 게 하나도 없어. 그래서 내가 자랑 한 번 할 때마다 오천 원씩 내라고 했어'라고 할 뿐이다.

자식들이 결혼을 안 한 것도 엄마에게는 큰일일 텐데, 내가 방송국에서 잘리고 백수 생활을 할 때는 아마 자식이 아니라 원수 같았을 것이다. 하지만 그때 나는 내 상처를 보듬느라 그런 엄마의 마음을 헤아릴 여유가 없었다. 그 동굴에서 벗어나면서 그제야 엄마의 마음이 어땠을지 느낄 수 있었다.

집에서 웅크리고 지내던 어느 날 아침, 엄마가 연락도 없이 내 집에 찾아왔다(당시에는 엄마와 함께 살지 않았다). 양손에는 방금 끓인 국과 내가 좋아하는 반찬이 들려 있었다. 그렇게 엄마가 집에 오는 날은 힘들던 마음이 조금이나마 풀어졌다. 나를 이렇게까지 사랑해주고 생각해주는 존재가 있다는 것만으로도 힘이 나는 법이니까.

그 당시 제일 싫었던 건, 내가 계속 엄마에게 걱정을 끼치는 존재라는 사실이었다. 번듯하게 남들 사는 것처럼 살면 좋을 텐데, 엄마가 그런 평범한 일상을 누리지 못한다는 게 불효를 하는 것만 같았다.

그때만 해도 좋은 짝을 만나서 아들딸 낳고 잘 살면서 자기 일까지 잘하는 모습을 보여야 효도를 하는 것이라 생각했다. 그러나 그건 내가 생각한 기준이었을 뿐, 돌아봐도 그런 완벽한 효도는 보기 드물다. 모두 어느 정도씩은 부모의 기대에서 벗어나 산다. 모든 가족 구성원이 완벽하게 잘 풀리는 집은 없다.

다시 취업에 성공해 엄마에게 더 이상 짐이 되지 않아서 안도하던 찰나, 앞에서 말했듯 오빠가 해고되었다. 지방 근무를 하며 주말에만 집에 오던 오빠는 해고된 이후 우리 집에서 지냈다. 그러니까 엄마는 결혼 안 한 오십대 자녀 둘과 함께 살게 된 것이다.

그 이야기를 했더니 친구가 웃으며 "원 플러스 원이네" 했다. 생각해보니 그렇다. 이 '원 플러스 원'을 엄마는 어떻게 생각할까.

오빠는 해고되기 바로 전, 스트레스 때문인지 허리 디스크가 터져서 꼼짝할 수 없는 상태였다. 제대로 움직이지 못하는 오빠를 위해 엄마는 초음파 마사지와 찜질을 열심히 해주었다. 자기 몸도 겨우 건사하는 엄마가 자식이 아프다니 온 힘을 끌어모아서 보살핀 것이다.

이 밖에도 힘든 일이 많았다. 엄마의 헌신에도 불구하고 말주변이 없는 오빠는 제대로 된 감사 인사조차 건네지 않아서 엄마를 서운하게 했고, 걸을 수 있을 만큼 회복이 된 뒤에도 집에만 있어서 엄마가 등을 떠밀어 산책이라도 나가게 할 정도였다. 오랜 세월 동안 따로 살다가 처음으로 한집에서 몇 개월을 복닥거리다 보니 여간 부딪히는 게 아니었다. 심지어는 티브이 리모컨을 누가 드느냐를 두고도 예민해졌다.

이러다 엄마가 속병이라도 생길까 염려가 돼서 오빠에게 이야기를 하긴 했지만, 오빠는 오빠 나름대로 힘든 시기였으니 서로 어느 정도 감수를 할 수밖에 없었다.

생각해보면 오빠에게 그 시기는 자발적 휴식은 아니었다 하더라도, 휴가를 제외하고 이십팔 년 만에 처음으로 쉬는 시간이었다. 그런데도 우리 가족의 경제가 위협받는다는 이유로 나는 불안하고 조급해져서 오빠가 빨리 우리 가족을 '정상적인 상태'로 복구해주길 바랐다. 내가 누리던 안락함을 되찾기 위해 오빠의 휴식을 불편해한 것이다. 나는 삼십 대 때 번아웃이 와서 잘 다니던 회사에 사표를 던지고 오빠에게 모든 부담을 지운 뒤 일 년 동안 어학연수를 다녀왔으면서 오십 대인 오빠가 비자발적 휴식을 갖는 것에 불편해하다니. 얼마나 이기적인가. 문득 은유 작가의 『싸울 때마다 투명해진다』(서해문집, 2016)에서 본 "한쪽의 수고로 (다른) 한쪽이 안락을 누리지 않아야 좋은 관계"라는 구절이 생각났다.

그동안 오빠가 우리 가족에게 쏟은 헌신과 수고를 생각하니 쉬는 동안 오빠의 마음을 편하게 해주고 잘 대해주자는 생각이 들었다. 또 평화롭게 살기 위해서는 상대가 바뀌길 바라기보다 내가 바뀌어야 한다는 것을 그 시간을 지나며 터득할 수 있었다.

그렇다고 불편하고 나쁜 점만 있는 건 아니다. 우리가 엄마를 보살피는 영역이 더 늘어났다는 건 어떤 면에서는 다행스러운 일이었다. 원 플러스 원이어서 엄마도 힘들겠지만, 한편으론 엄마 나이에 자기 자식들과 이렇게 함께 살며 보살핌을 받는 노인도 별로 없을 테니까.

"다들 나보고 부럽다고 해."

예전에는 자식 둘 다 결혼을 하지 않은 엄마를 부러워하는 사람이 없었는데, 이제는 나이 들고 자식들과 같이 사는 엄마에게 부럽다고 한다는 거다.

"사람이 다 가질 수는 없는 거야. 그러고 보면 세상은 참 공평해."

물론 그분들이 인사치레로 하는 말일 수도 있고, 뒤로는 배우자나 자식 없이 나이 들어가는 우리 둘을 보며 걱정할 수도 있지만, 그래도 주변에 비혼인 사람이 많아지면서 그런 말들은 전보다 훨씬 줄어들었다. 엄마 친구들만 봐도 자녀 중 혼자 사는 사람(돌싱, 비혼 등)이 예전보다 꽤 많아졌다.

우리는 아침에 일어나면 밥 먹기 전, 보이차를 끓여서 같이 마시며 아침을 시작한다. 라디오를 켜고 음악을 들으며 편안하게 맞는 아침이 참 기분 좋다. 티타임이 끝나고 내가 아침을 준비하는 동안 엄마는 체조를 하고, 오빠는 강아지 산책을 시킨다.

물론 걱정거리는 많다. 경기 불황 뉴스가 터지는 시점에 오빠가 실업자가 되었고, 내 수입만으로 우리 가족을 부양하기에는 턱도 없기 때문이다. 그러나 우리가 처한 상황에 비해 참 한가하게 지내고 있을뿐더러 나중에 돌아보면 이 시간이 있었다는 것에 감사할 것 같다. 엄마와 함께할 수 있는 시간은 얼마 남지 않았으니까.

쉬는 동안 오빠는 엄마와 함께 〈미스터 트롯 2〉를 보면서 함께 예상 합격자를 점치기도 하고, 엄마의 아쿠아로빅 끝나는 시간에 맞춰 체육관에 가서 함께 점심을 먹고 오기도 한다. 종종 시장을 봐오기도 하고, 엄마를 모시고 병원에 다니기도 한다. 셋이 거실 소파에 앉아 강아지의 재롱을 보며 와하하 웃는 날도 많다. 엄마 말마따나, 세상에 죽으란 법은 없다.

엄마와의 시간이 시한부라고 여겨지는 요즘, 이렇게 셋이 함께 지내는 시간은 분명 좋은 기회다. 백화점이나 마트의 원 플러스 원 행사처럼 말이다.

원 플러스 원은 날마다 오는 게 아니다. 엄마가 건강할 때 이 좋은 시간을 함께 누릴 수 있어서 다행이다. 한편으론 이 원 플러스 원의 시간이 빨리 마감될까 봐 마음이 분주해진다.

* 이 글을 쓰고 사 개월여가 지난 후, 오빠는 다행히 좋은 곳에 재취업을 했다. 우리 가족의 마음을 짓누르고 있던 큰 돌덩이가 사라졌다. 그래서 좋아하는 리조트에 가서 오빠의 새로운 출발을 축하하는 파티를 했고, 오빠가 정식 출근을 하기 전에 홀가분한 마음으로 가족 여행을 다녀오기도 했다.

참 힘든 시간이었지만 분명 얻은 건 있다. 우리 셋이

더 애틋해지고, 더 성숙해지고, 서로를 더 배려할 수 있게 되었으니 말이다.

내가 바라는
가족의 형태

내향인인 나는 집에서 혼자 쉬면서 에너지를 충전하는 타입이다. 그래서 사 년간 혼자 살았을 때도 꽤 잘 지냈다. 비록 작은 원룸이었지만, 그곳에 들어가면 마음이 편안했다.

그 당시 내 집은 엄마 집에서 도보로 15분 정도 거리여서, 엄마는 내가 출근하고 난 뒤에 냉장고에 반찬들을 넣어두고 가곤 하셨다. 어떤 날은 냉동된 밥을 랩으로 싸들고 집으로 찾아오기도 하셨다. 이러한 엄마의 방문은 내게 따뜻한 사랑의 기억으로 남아 있다.

하지만 엄마가 연로하시고 다치면서 독립생활을 정

리하고 엄마네 집으로 들어가기로 결정했을 때, 고민이 많았다. 한집에서 함께 사는 것보다 가까운 거리에서 따로 사는 것이 우리 둘의 관계를 위해서 훨씬 더 좋지 않을까 싶었기 때문이다.

아니나 다를까. 이사해 들어오는 첫날부터 짐 문제로 엄마와 크게 다퉜다. 엄마는 내 짐을 보더니 아연실색하면서 폭풍 잔소리를 쏟아내셨다. 그 이후에도 머리를 기르고 있는 나에게 '머리가 너무 길다. 좀 깡똥하게 잘라'라는 말을 때때로 하시는 통에 몇 번이나 마찰을 겪기도 했다. 오히려 따로 살 때가 훨씬 더 애틋하고 덜 싸웠기 때문에 다시 나가서 살고 싶다고 생각한 순간이 한두 번이 아니었다. 따로 살 땐 엄마의 방문이 사랑이었으나, 함께 살면서부터는 엄마가 마치 침입자처럼 느껴지니 참 아이러니했다.

일본 드라마 〈가족의 형태〉는 자신만의 성 안에서 혼자 안온하게 지내려 했던 주인공들의 성이 부모에게 침범당하며 일어나는 이야기다.

주인공 다이스케는 문구 회사에서 열심히 일한 덕분

에 39세의 나이에 맨션을 구입하고, 그곳에 자신만의 성을 쌓고자 한다. 위층에 사는 하나코도 이혼한 뒤 자신만의 보금자리에서 만족스러운 생활을 하며 살고 있다.

그런 그들에게 갑자기 가족들이 들이닥친다. 다이스케에게는 아버지와 이복동생이, 하나코에게는 엄마가. 잠깐 와서 지내는 것까지야 뭐라 할 수 없지만, 문제는 그들이 계속 선을 넘어온다는 데 있었다.

가족들이 선을 넘는 가장 큰 이유는 '결혼'이다. 다이스케의 아버지는 아들을 결혼시키기 위해 애를 쓰고, 하나코의 엄마는 하나코가 이혼한 남편과 재결합하기를 바라며 두 사람 사이의 징검다리가 되어주려 한다. 정작 둘은 그럴 의사가 전혀 없는데도 말이다.

그러면서 그들은 아들과 딸의 집을 자신들의 냄새와 소리로 채운다. 다이스케의 아버지는 각종 생선으로, 하나코의 어머니는 피아노로. 그렇게 다이스케와 하나코가 세운 성은 침범당한다.

21세기에 이런 결혼 타령이라니, 하며 고리타분하다고 느끼면서도 어쩔 수 없이 수긍하게 되는 장면이 있었다.

"(어떤 일을) 혼자서는 할 수 없을 때가 온다."

"네가 힘든 일이 있거나 아플 때 도움을 요청할 사람이 필요해."

이런 말은 나도 엄마에게 자주 듣는다.

"너 늙어봐. 누군가 보살펴줄 사람이 필요해. 네가 도움이 필요할 때 옆에서 손을 잡아주는 사람이 한 명은 있어야 해."

예전에는 이런 말을 들으면 "엄마 때랑은 세상이 다르거든요" 하면서 한 귀로 흘렸는데, 그런 걱정이 나올 수밖에 없는 노화의 과정을 몸소 겪고 있으니 이젠 마냥 흘려들을 수 없게 되었다.

동네의 친한 비혼 언니가 등에 파스를 붙일 때 효자손을 이용한다는 이야기를 듣고 한참 웃었다. 지금은 웃으며 들을 수 있는 이야기여도, 곧 웃을 수 없는 상황이 될 수도 있다. 그래서 늙으면 자식이 있어야 한다, 배우자가 있어야 한다고들 한다. 맞는 말이다. 그러나 전적으로 맞는 말은 아니다. 한집에 살아도 상대를 나 몰라라 하는 배우자도 많고, 연로한 부모를 챙기지 않는 자녀들도 많으니 말이다.

〈가족의 형태〉에서 부모들이 자식의 성에 침입한 이유는 자신이 사라졌을 때, 더 이상 자식을 돌봐줄 수 없을 때 자신을 대신해 자식 옆에 있어줄 누군가를 찾기 위해서였다. 결론적으로 부모들의 바람은 이루어진다. 다이스케와 하나코가 우여곡절 끝에 연인이 되었으니까. 하지만 그들의 부모들이 바라던 '형태'는 아니었다.

다이스케는 중학생인 이복동생과 월요일부터 금요일까지 동거하고, 이복동생은 주말마다 자신의 어머니의 기숙사에 가서 지낸다. 하나코와 인생을 같이 하기로 했지만, 그들은 서로의 집을 오가며 산다. 필요할 땐 한집에서 지내고, 아닐 땐 각자의 집에서 지낸다. 어떤 날은 친구를 불러서 그들과 하루를 보내고, 어떤 날은 서로의 집에 가서 함께 맥주를 마신다. 가족의 전형적인 형태에서 벗어나 필요에 의해 모였다 흩어졌다를 반복하는 것이다.

둘의 가족 형태는 '홀로'와 '더불어'가 균형 있게 잡혀 있다. 그러면서도 피를 나눠야만 가족을 이룰 수 있다거나 가족은 한집에 살아야 한다는 기존 가족의 형태를 보기 좋게 배신한다.

내가 꿈꾸는 노년의 삶도 이와 비슷하다. 엄마와 같은 건물의 다른 층에서 살거나 가까운 이웃으로 살면서 서로의 거리를 조절할 수 있었다면 더 좋았을 것 같다. 부모든 부부든 자녀든 친구든, 건강한 거리가 확보되어야 훨씬 좋은 관계를 오래 유지할 수 있다고 믿기 때문이다. 이제는 엄마가 혼자 지내기에는 너무 연로하셔서 그러기 어려워졌지만, 앞으로 내가 어떻게 살고 싶은지는 꽤 분명하게 그림이 그려진다.

나는 〈가족의 형태〉에 나오는 다이스케와 하나코처럼 살고 싶다. 오빠와도 가까운 이웃으로 살고, 나와 함께할 파트너를 만나게 된다면 동거하는 것보단 나 홀로, 하지만 '더불어' 살고 싶다. 파트너가 꼭 이성이어야 할 필요는 없다. 모였다 흩어졌다를 부담없이 할 수 있는, 서로를 보살펴줄 수 있는 친구여도 좋다.

다행히 혈연으로 이어진 가족 구성원만 한집에서 지내야 하고, 두 남녀가 만나면 꼭 결혼이라는 제도 안으로 들어가야 하고, 부부는 싸워도 잠은 꼭 한 침대에서 자야 한다는 '신화'가 있던 가족의 형태가 지금은 조금씩 확장되고 있다. 앞으로도 가족의 형태가 계속해서 더 다양해지기를 응원한다. 삶에 정답이 없듯이, 삶의 형태, 가족의 형태에도 정답은 없으니까.

내가 비혼으로
살 줄 몰랐다

나는 살림 중 특히 요리에 영 소질이 없다. 오랫동안 엄마가 차려주는 밥을 먹는 데 익숙해져 있는 탓이다. 엄마는 주방의 주인은 당신이라는 생각이 강해서 내가 주방에서 무언가를 할 때마다 못마땅해하셨고, 칭찬에도 인색했다. 그러다 보니 자연스럽게 주방에서 마음이 멀어졌다. 욕먹으면서까지 요리를 하고 싶지 않고, 엄마의 공간을 존중해주고 싶다는 핑계로.

물론 혼자 살 때는 음식을 해 먹기도 했다. 하지만 많은 시간을 들여서 요리를 한 다음 나 혼자 고작 몇십 분만에 먹고, 많은 그릇을 설거지해야 하는 게 시간 낭비처럼 느껴져서 어느 순간부터는 포기했다. 어쩌다 해 먹는다 해도 대충 때우는 경우가 많았다.

그런데 지금은 생각이 완전히 바뀌었다. 요리 학원에 다닌다는 친구가 느닷없이 부러워졌다. 친구를 오래 지켜봐서 아는데, 그 친구나 나나 요리에는 젬병이었다. 그런데 친구가 결혼을 하고 요리 학원에 다니면서 할 수 있는 요리가 많아지더니, 이제는 나를 초대해서 자신만의 필살기를 선보이기 시작했다.

맛을 보고 깜짝 놀랐다. 내가 알던 친구의 음식 실력이 아니었기 때문이다. 친구가 정성을 담아 맛있게 집밥을 만들어주는 모습을 보니 요리를 배우고 싶은 마음이 나도 모르게 불쑥 자라났다.

요리에 관심을 갖게 된 또 다른 이유가 있다. 엄마의 기력이 점점 쇠하면서 내가 주방에 들어갈 일이 잦아지고 있기 때문이다. 덕분에 할 줄 아는 요리 레시피들이 조금씩 쌓여가고 있다.

생각해보면, 나의 가장 큰 실책은 '지금'을 '임시'로 생각했다는 점이다. 사십 대 초반까지만 해도 언젠가 결혼을 할 것이라 생각했다. 나는 처음부터 비혼으로 살겠다는 의지가 있었던 사람이 아니었기에, 언젠가는 결혼해서 집을 떠날 거라는 근거 없는 믿음이 있었다. 그래서 내 집, 내 방은 임시로 있는 곳이라는 생각이 무의식에 자리 잡고 있었다. 그러니 내 공간에 별로 정성을 들이지 않았다. 살림살이도 무조건 엄마 위주였고, 내 방은 물론 집 인테리어를 바꿀 생각조차 하지 않았다. 아기자기한 소품으로 집을 꾸미는 것도 관심이 없었다. 난 곧 떠날 사람이었으니까.

그러나 인생은 언제나 예상을 빗나간다. 당연할 줄 알았던 결혼은 당연하지 않았고, 혼자 사는 것을 받아들이고 보니 내가 임시로 두었던 것들이 눈에 들어오기 시작했다.

집과 내 방을 꾸미는 일에도 자연히 관심이 가서 인테리어 사이트인 '오늘의집'을 얼마나 많이 들락거리는지 모른다. 지금 우리 집의 온갖 주방 기구와 식기 들은 80년대부터 썼다고 해도 믿을 정도로 오래되었다. 그래서 몇 번이나 예쁘고 좋은 것들로 바꾸자고 했지만, 변화에 저항적인 엄마의 고집을 꺾을 수는 없었다. 그나마 작년 초에 입이 마르도록 엄마를 설득해서 정리 전문 업체를 불러 집을 한 번 싹 정리했고, 십오 년 이상 쓴 낡아빠지고 고장난 싱크대를 하부장만 겨우 교체했다. 그때 엄마는 나한테 이렇게 말했다.

"곧 이사 갈지도 모르는데 왜 엉뚱한 데 돈을 들이고 그래? 이사 가서 하지."

이사할 계획이 있었지만, 집이 언제 나갈지는 알 수 없는 상황이었다. 곧 이사를 간다 해도 깨끗하고 산뜻하게 집을 정돈하고 싶었던 나는 엄마를 설득했다.

"엄마, 우리가 집을 팔려고 해도 깨끗하게 해놓아야 집을 보러 온 사람도 좋지. 그리고 우리 그동안 너무 안 고치고 짐들을 이고 지고 살았어. 언제 갈지 모르는 이삿날에 담보 잡혀서 지금 이렇게 너저분하게 살지 말자."

다행히 엄마는 나의 의견에 동의해주었다. 그리고 일 년이 지난 지금, 아직 우리는 이사를 가지 않았으니 그때 정리하고 고치길 잘했다고 생각한다. 그전보다 훨씬 쾌적하고, 집다워졌으니까.

이 일로 지금을 '임시'라고 생각하지 말고 최선을 다해 행복하게 살아야겠다고 생각했다. 그리고 좋은 것을 미루지 말아야겠다는 생각도 들었다. 설사 그게 경제성이 떨어진다 할지라도 말이다. 이 세상에는 경제적인 이유만으로 설명할 수 없는 일이 많으니까.

이처럼 나는 여기까지 오는 데 많은 '임시' 속에서 시행착오를 거쳤고, 엄마와 많이 다퉜고, 입이 아프게 설득했다. 가끔은 이런 과정들이 피곤하게 느껴지기도 한다. 하지만 지금 엄마는 정돈되고 쾌적해진 집을 썩 마음에 들어 하시니, 그걸로 되었다.

여전히 우리 집의 모든 건 엄마 위주로 되어 있다. 엄마가 사시는 동안은 그렇게 해드리고 싶다. 그래서 가장 바꾸고 싶은 주방도 크게 손을 보지 않았다. 아직은 주방의 주인이고 싶은 엄마의 마음을 지켜드리고 싶기 때문이다.

그래도 언젠가 나는 엄마를 위해서든, 나를 위해서든 내 마음에 쏙 드는 주방을 갖고 싶다. 내 몸에 익숙한 주방에서 다양한 요리를 해보고 싶다. '내가 먹는 것이 곧 나 자신'이라고 하던데, 어쩌면 오랜 시간 동안 나는 나 자신을 너무 하찮게 대한 것은 아닌가 하는 생각이 든다.

물론 주방이 좋아야 요리를 잘하는 건 아니지만, 한

번도 내 것이라 여기지 않았던, 그래서 내 것인 적이 없었던 나의 주방을 언젠가는 갖고 싶다. 내 취향인 그릇에 정성껏 만든 음식을 담아 친한 사람들에게 대접할 수 있는 날이 오겠지.

알고 있다. 그런 날을 꿈꾸는 동시에 '지금'을 소중히 여겨야 한다는 걸. 그래서 오늘도 임시가 아닌 지금 있는 곳을 좀 더 소중하게 여기며 '언젠가'를 꿈꿔본다.

3
잘 살 수밖에 없는 나에게

열심히 살아서 도착한 곳이 고작 여기여도

딱 마흔이 되던 해였다. 수많은 회사에서 광탈한 끝에 겨우 한 군데에 합격해 출근하는 첫날이었다. 지하철역에서 매장까지의 거리는 약 이백 미터. 감사하고 기쁠 줄 알았는데 가는 길에 눈물이 쏟아졌다. 겨우 구한 아르바이트 자리는 한 도넛 가게였다. 대학원을 졸업했고, 이전 경력을 발판 삼으면 취업이 잘되는 것까지는 아니어도 어지간한 곳은 될 줄 알았다. 어리석게도 나이 많고 고학력인 사람은 사회에서 부담스러운 존재라는 생각을 하지 못했다.

몇 달간의 취준 생활 끝에 손만 빨고 앉아 있을 수는

없어서 일단 아르바이트라도 하자는 마음으로 나섰지만, 그조차 쉽지 않았다. 아무 연락도 오지 않다가 그나마 연락이 온 곳이 바로 그 도넛 가게였다.

면접을 볼 때, 인상 좋은 사장님이 한마디 했다.

"이런 일 안 하게 생기셨는데……."

순간 울컥했지만, 감상에 빠질 시간은 없었다. 그 말 속에 금방 그만둘지도 모른다는 의심과 염려가 담겨 있다는 것 정도는 알고 있었으니까. 나의 각오를 호기롭게 보여야 할 순간이었다. 그래서 일부러 씩씩하게 말했다.

"이런 일 하게 생긴 얼굴이 따로 있나요? 하면 다 하는 거죠."

그 말이 통했는지 아니면 나의 절박함이 통했는지, 난 합격했다. 출근하라는 전화를 받고 1분 30초 정도는 기뻤다. 그 후로는 돈을 벌 수 있다는 안도감과 내가 그동안 해왔던 일이 아닌 아르바이트로 생계를 이어가야 한다는 서글픔 사이를 얼마나 분주하게 오갔는지 모른다. 내 마흔이 이렇게 비참할 줄 상상도 못 했다.

그리고 출근 첫날. 이 세계에 발을 붙이면 다시는 지난 세계로 돌아가지 못할 것처럼 지나치게 거창한 낙담을 해버렸다. 그래서 매장으로 들어서기 전, 이백 미터 남짓 한 거리를 걸으며 인당수에 몸을 던지는 심청이도 아닌데 뭐에 팔려가는 사람처럼 비장하게 눈물 바람을 한 것이다.

그런데 막상 매장에 들어서니 자기 연민 따위는 연기처럼 사라졌다. 열 개가 넘는 다양한 종류의 도넛 이름을 외우는 것부터 음료 제조, 포스기 사용법까지 뇌 용량을 초과하는 정보들을 받아들이고 외우느라 정신이 없었기 때문이다.

퇴근 시간, 녹초가 돼서 매장을 딱 나오는 순간 발끝에서부터 쭉 차고 올라오던 감정이 지금도 또렷하게 기억난다. 소설가 박완서 씨는 "흙을 상대로 하는 육체노동에는 원초적인 평화와 행복감 같은 게 있다"고 했는데, 그냥 육체노동도 비슷했다. 세상이 끝날 것처럼 징징대던 마음은 온데간데없고, 기분 좋은 피곤함이 온몸을 채우고 있었다.

일에 익숙해져서 여유가 생길 즈음이었다. 점심시간이 끝나갈 무렵 숨을 돌리려는데 가게 밖으로 익숙한 얼굴이 보였다. 친하게 지내는 후배였다.

생각해보니 이곳은 후배가 근무하는 회사 근처였다. 가슴속에서 지진이 일어났고, 나는 반사적으로 몸을 숨겼다. 후배가 당장이라도 가게에 들어올 것만 같았다. 고작 몇 초만에 후배가 들어오면 무슨 말을 해야 할지 수많은 생각이 머릿속을 맴돌았다. 다행히 후배는 가게를 지나쳐 갔지만, 나는 그날 이후로 점심시간이면 빚쟁이를 피하는 사람처럼 공연히 바깥을 힐끔거렸다. 후배를 포함한 아는 사람들에게 내가 이곳에서 일한다는 사실을 들키고 싶지 않았다. 도넛 가게에서 생계형 아르바이트를 하는 현실을 스스로 받아들이긴 했어도, 누군가에게 아무렇지 않게 보여줄 준비는 되어 있지 않았던 것이다.

나는 내가 동생들에게 꽤 괜찮은 언니라 여기고 있었다. '언니를 닮고 싶다'는 낯간지러운 말도 들었던 터라 내 자아도 비대해졌던 모양이다. 누군가를 닮고 싶다는 말 속에는 사회적으로 번듯한 모습도 포함되어 있다고 생각했다.

이런 데서 일할 것 같이 생기지 않았다는 사장님의 말처럼 나는 이런 곳에서 일할 사람이 아니라는 의식이 계속 있었던 탓에, 후배의 등장으로 비대하기만 할 뿐 뿌리가 단단하진 못했던 내 자아는 또 무너졌다. 내가 다다르고 싶었던 곳과 지금 두 발을 딛고 서 있는 곳과의 괴리감으로 어쩔 줄 몰라 하고 있었다. 느닷없이 닥친, 무서운 재난 같은 시간이었다.

'나는 왜 이런 일을 할 사람이 아닌가?'

이 질문에 정직하게 답을 해야 할 때였다. 공부를 많이 해서? 출판 편집자로 일한 경력이 길어서? 그게 답이 될 순 없었다. 그럼 지금까지 꾀부리지 않고 열심히 살았는데 고작 여기라서? 많은 돈을 투자해서 대학원까지 나왔는데 겨우 여기라서?

생각할수록 허무하고 억울했지만, 사는 게 공식대로 되지 않는다는 걸 인정해야만 하는 순간이었다.

나의 생계를 위해 4대 보험이 되고, 정기적으로 돈을 벌 수 있는 곳에서 일하는 것은 부끄러운 일이 아니었다. 하지만 사람들이 나를 보며 열심히 살아도 겨우 저기 있느냐는 말을 할 것만 같았다. 닮고 싶은 언니에서 닮고 싶지 않은 언니로 추락한 느낌. 나는 어느새 아무도 정한 적 없는 자격을 멋대로 정하고 스스로를 그 안에 가두고 있었다. 멋진 언니가 되고 싶었던 내 그림이 와장창 깨지고 나니 그 그림 자체가 얼마나 커다란 허상이었는지도 보였다. 닮고 싶은 언니가 되지 않아도 세상은 무너지지 않건만, 왜 그토록 그 말에 목을 맨 것인지. 따지고 보면 그것도 허영심이었다.

결국 나는 항복했다. 그러자 '나한테 왜 이런 일이 생겼나?'가 아니라 '나라고 왜 아닌가?'라는 말이 내 마음속에서 툭 터져 나왔다.

얼마 뒤, 후배를 만났다. 그때는 후배에게 말할 수 있었다. 네가 나를 볼까 봐 숨었다고 하니 후배가 웃으면서 말했다.

"언니, 그게 뭐 어떻다고~!"

그러게. 그게 뭐 어떻다고.

그리고 십 년이 지난 오십 대 초반. 도넛 가게에 취업했던 그때와 비슷한 이유로 나는 다시 아르바이트 자리를 구해야 했다. 이번에도 4대 보험이 되는 곳을 찾았다. 돈을 적게 벌더라도 사회적 제도 안에서 내 권리를 보장받을 수 있다는 것이 중요했기 때문이다.

나를 받아준 곳은 앞서 이야기한 프랜차이즈 햄버

거 가게였다. 도넛 가게에서 아르바이트를 할 때와 비슷한 자리로 되돌아온 것이다. 이번엔 울지 않았다. 서럽지도 않았고, 창피하지도 않았다. 열심히 살아도 고작 여기일 수 있다. 하지만 여기가 뭐 어때서. 이렇게 또 가면 되는 거지.

이 말은 나를 계속 지탱해 주었다.

그게 뭐 어때서.

그렇게 아르바이트를 하던 어느 날, 광풍 같은 점심시간을 지나 퇴근해서 집으로 갈 때였다. 아픈 허리와 다리를 끌고 집 근처에 이르렀을 때, 멀리서 익숙한 실루엣이 보였다. 서 있던 사람이 내게 손을 흔들었다. 엄마였다. 엄마가 강아지를 데리고 나를 마중 나와 있었다.

엄마와의 거리가 한 칠십 미터쯤 되었을까. 엄마를 향해 그 짧은 거리를 걷는 동안 눈물이 나왔다. 너무 행복해서. 아무 일도 일어나지 않았지만, 지금도 또렷이 기억날 만큼 강렬하게 행복한 순간이었다.

그 순간이 뭐가 그리 행복했냐고 물으면 분명하게 답해줄 말이 없다. 하지만 그 일을 하지 않았더라면 만나지 못했을 순간이었기에 고작 여기여도, 너무나 행복했다.

행복이란 바라던 어떤 일이 일어난 딱 그 순간에만 존재하기도 하지만, 징검다리처럼 일상 곳곳에 놓여 있기도 하다. 날씨가 좋아서 행복하고, 커피가 맛있어서 행복하고, 강아지와 엄마가 나를 마중 나와서 행복하고, 친구와 수다 떨어서 행복하다. 매일 이렇게 작은 행복의 순간들을 마주할 때 '행복하다'고 느끼는 게 얼마나 중요한지.

그래서 오늘 역시 고작 이곳이어도, 행복하다.

나만의
리듬으로

너무 바쁘지 않게 스케줄을 계획하는 것. 언제부터인가 내 일상의 질을 위해 가장 염두에 두는 일이다. 내가 하루 동안 쓸 수 있는 에너지의 양을 이제는 어느 정도 알고 있기에, 하루에 연이은 약속은 거의 잡지 않는다. 그리고 적어도 주말이나 주말 중 하루는 무조건 집에서 푹 쉴 수 있게 일정을 관리한다. 마음만은 청춘이어서 내 몸이 감당할 수 없는 스케줄을 떠밀리듯 소화하다가 몸은 몸대로 지치고 만남의 질도 떨어지는 것을 몇 차례 경험했기 때문이다. 그러니 이것은 여러 시행착오를 거치면서 얻게 된 자기 관리 방법 중 하나다. 어릴 때는 집에서 가만히 쉬면 큰일 나는 줄 알았지만, 이제는 집에서 쉬지 않으면 큰일 나는 나이가 된 것이다.

엄마와 함께 살다 보니 이제는 엄마에게 탈이 나는 지점도 안다. 집에 가만히 있는 것을 견디지 못하는 엄마는 하루에 적어도 한 번은 꼭 나가야 직성이 풀린다. 그런 엄마가 코로나를 겪으면서 제대로 친구도 못 만나고, 수영장도 못 다니고, 겨우 동네 공원 산책만 하니 성에 찰 리가 없었다. 답답해하는 엄마를 위해 올림픽공원에도 다녀오고, 펜션 같은 곳으로 나들이를 가기도 했다.

문제는 밖으로 나오면 신이 난 엄마가 자신의 체력이 감당할 수 있는 것보다 더 걷는다는 점이다. 함께 걸으면서 "엄마 무릎 괜찮아?" 하고 몇 번씩 묻기도 하고, 중간중간 벤치에 앉아 쉬기도 하지만 그렇다고 내가 엄마의 자세한 몸 상태까지 알 수는 없는 법. 어떤 날은 그렇게 외출하고 난 뒤에 무릎이 아파서 밤새 끙끙 앓아누워버리신다.

엄마를 생각해서 모시고 나갔는데 엄마를 더 아프게 했다는 자책감과 엄마가 스스로 자기 몸 상태를 염두에 두지 않고 무리를 한 것에 화가 나서 아프다는 엄마를 타박하기도 했다. 서러워진 엄마는 또 나에게 한바탕 원망을 쏟아내고, 다툼이 이어진다.

좋자고 한 일의 끝이 이렇게 마무리되는 것을 몇 번 경험한 후, 나는 엄마에게 누누이 강조한다.

"엄마 몸은 엄마가 아니까 돌아갈 거리 생각해서 그만 가자고 해요. 나중에 아프다고 하지 말고."

늙어가는 속도를 마음이 따라가지 못한다. 불과 얼마 전까지는 거뜬히 갈 수 있었던 거리도 이제는 무리가 되기도 한다. 아이들이 크는 속도만큼, 노화의 속도도 빠르다.

원래 엄마는 올림픽공원에 가면 오르막과 내리막이 있는 가파른 언덕길을 재빠르게 다녔다. 엄마의 속도를 맞출 수가 없어서 내가 몇 번이나 "좀 천천히 가" 하고 말할 정도였다.

그랬던 엄마가 언제부터인가 언덕길이 아닌 평지를 걷기 시작했고, 또 언제부터인가는 평지도 다 돌지 못해 반만 돌다가 지금은 4분의 1만 돌고 있다. 이제는 내가 엄마의 속도에 맞춰줘야 할 만큼 걸음도 느려졌다.

엄마도 나도 나이가 들면서 변했다. 내 경우 마흔 중반을 넘고 완경기를 거치면서 변화가 감지되었고, 엄마는 일흔다섯 정도부터 시작된 것 같다. 이렇게 체력이 확 꺾이는 시기가 있는 듯하다. 체력이 떨어지면 내가 내 체력 수준에 맞춰서 움직임을 줄여야 한다. 일상의 다이어트가 필요한 셈이다.

노화되는 몸과 건강에 관심을 기울이지 않으면 일상이 쉽게 무너져버리고 회복도 더디다. 덕분에 내 컨디션에 예전보다 관심을 기울이고, 더 나빠지지 않기 위해 게으른 몸을 일으키곤 한다.

돈을 더 벌려면 무리해서 아침에 일을 할 수도 있다. 가끔 돈이 아쉬울 땐 일을 늘릴까 하는 생각이 들기도 한다. 하지만 그 뒤에 따라오는 후폭풍이 짐작돼서 금세 생각을 접는다. 욕심내지 않고 적당한 정기 수입을 유지하면서, 엄마와 강아지를 보살피며 나의 컨디션을 유지할 수 있는 일상이 중요하기 때문이다.

최현숙 작가가 “나이가 든다는 건, 어느 날 갑자기 노인이 되는 게 아니라 하루하루 차근차근 늙어가는 거고 젊을 때와는 다른 방식으로 사는 것을 끊임없이 자기 일상 속에서 차례차례 배워나가는 것"이라고 말한 인터뷰를 본 적이 있다. 나는 이 말이 참 좋다. 차근차근 늙어가고 있지만 당신의 마음은 아직 나이만큼 이르지 못해서 육체와 마음이 어긋나는 엄마를 지켜보고 있기 때문에 더 와닿는지도 모르겠다.

내가 움직일 수 있는 에너지 안에서 생동감 있게 사는 방식은 어떤 걸까. 적어도 나는 "이제 나이 들어서……" 라며 나이 듦을 한탄하는 노인은 되고 싶지 않다. 느려지거나 변할 수는 있어도 굳이 늙은 티를 내면서 살고 싶지도 않다. 억지로 젊어 보이려 한다거나 젊음을 부러워하는 것도 싫지만, 나이 들었답시고 낡아지고 싶진 않다.

한때는 성숙하고 고고하고 통찰력 있고 겸손한 어른이 되고 싶다는 꿈을 꾸었지만, 애초에 나라는 그릇이 담을 수 없는 인격이라는 생각이 들어서 포기했다. 나한테 맞게 나이 드는 법을 배우기 위해서는 하나씩 시도해봐야 알 수 있다. 조금 부족해도, 그 부족함에 주눅 들지 않고 당당하고 명랑한 할머니가 되었으면 좋겠다.

그런 면에서 엄마는 좋은 모델이다. 나도 엄마처럼 나이 들고 싶다는 생각이 들 때가 많다. 교양 넘치는 할머니는 아니어도 품 넓고, 따뜻하고, 유머 있고, 잘 웃고, 가수 추가열 씨의 노래 〈나는 행복해요〉를 수시로 부르는 엄마는 참 명랑한 할머니이기 때문이다.

거기에 더 추가한다면, 나는 친구들과 같이 맛집을 찾아다니면서 까르르 웃고, 건강에 좋다는 차도 마시고, 탱고도 배우고, 필라테스도 하는 그런 할머니가 되고 싶다. 주변 사람들과 함께 많이 웃고, 같이 울어주는 그런 할머니 말이다.

그렇게 늙어가는 게 어디 쉬운 일일까. 최현숙 작가의 말대로 배워가야 한다. 그래서 나는 지금 차례차례 배우고 있다. 외부 활동과 쉬면서 할 수 있는 일을 적당히 배분해서 시험해보는 중이다.

나에게 적당한 방법은 온라인 수업 꾸준히 듣기, 일주일에 한 번 문화센터에서 하는 필라테스 수업 참여하기, 일주일에 두 번은 저강도 운동하기, 한 달에 책 두 권 읽기, 일 년에 두 번은 여행 가기, 만나서 교제할 수 있는 사람의 범위를 조금 넓히기, 친구들에게 꾸준히 연락하고 챙기기, 채소와 단백질 섭취 늘리기 등등이다. 에너지가 젊을 때와 같지 않으니 속도는 느려질지언정, 이렇게 하나씩 조절해나가야겠지.

힘이 닿는 한 내 주변 사람들을 챙기고, 다양한 것을 경험하고 싶다. 나이 듦에 갇히기보다 할 수 있는 만큼 무언가를 하면서 팔딱이는 물고기처럼 살고 싶다.

적당히
행복하게 사는 법

"아, 망했다. 왜 그리 열심히 했을꼬?"

영화 〈찬실이는 복도 많지〉의 소개 첫 줄에 나오는 말이다.

'아니, 내 이야기인 줄.'

읽자마자 반가웠다.

"먹고 살아야 하는데 아무도 날 안 찾는다."

영화 프로듀서로 일하다가 감독이 돌연사하면서 일자리를 잃은 마흔 살 비혼 여성 '찬실'이 후배에게 한 넋두리다. 영화가 시작하자마자 나오는, 뼈 때리는 이 대사에 두 번째로 마음이 훅 빠져들었다.

청춘을 다 바쳐서 열심히 일했지만 그 모든 시간이 영화감독의 죽음과 함께 허무하게 '제로'로 돌아가버리고, 아무도 찾지 않는 백수로 전락한 찬실 씨. 찬실 씨는 갑자기 들이닥친 폭탄 같은 현실을 받아들이고 어떻게든 살아보려 하지만 쓸모가 다한 건전지처럼 어디서도 환영받지 못하는 존재가 되어버린 자신을 발견한다. 달동네로 이사하고도 마땅히 할 일을 찾지 못해 친한 배우 '소피'네 집에서 가사도우미 일을 시작한다. 여기까지의 상황 설명만 보면 거의 '이생망' 수준이다.

이생망. '이번 생은 망했다'는 말의 줄임말이다. 우리는 어떤 때 이생망이라고 할까. 찾아보니 '부정적이고 자조적인 의미를 가지고 있는 표현으로 주로 이십 대들 사이에서 사용되고 있으며, 취업이 안 되거나 시험을 망치는 등 견디기 힘든 상황을 표현할 때 쓴다'고 나와 있었다. 그러나 어디 이십 대뿐이랴. 찬실 씨처럼 중년의 나이에도 '이생망'을 외치고 싶은 순간은 불청객처럼 늘 불쑥 찾아드는걸.

나도 찬실 씨처럼 본업 외에 생계형 아르바이트를

해야만 할 때가 있었다. 글 쓰는 일을 하면서 『혼자 살면 어때요? 좋으면 그만이지』와 『내가 힘들었다는 너에게』라는 책을 내기도 했지만, 그것만으로는 생계를 이어가기가 어려웠기 때문이다.

환경에 잘 적응하는 편이어서 별 어려움 없이 아르바이트를 하긴 했지만, 그렇다고 해서 늘 아무렇지 않은 것만은 아니었다. 잠깐이나마 나를 머뭇거리게 하는 순간이 있었으니, 바로 "요즘 뭐 하세요?"라는 질문을 받을 때였다.

직업으로 대표되는 정체성, 사회적으로 아직 효용가치가 있는 사람인가에 대한 인증이 담겨 있는 그 질문 앞에 서면 열심히 살았는데도 사회에서 누락된 느낌이 전기처럼 찌르르 온몸을 불쾌하게 훑고 지나갔다. 그때마다 커튼을 걷어젖히듯 이생망 중년의 어두운 그림자를 씩씩하게 치우며 말했다.

"글 쓰면서 생계형 알바하고 있어요."

그런 와중에 개봉한 지 꽤 된 이 영화를 만났다. "어디 있다 이제야 나타났니?"라고 말해주고 싶을 만큼, 소울메이트를 만난 것처럼 반가웠다. 무엇보다 이생망 수준의 사십 대 여성을 어둡거나 악착같거나 궁상이 뚝뚝 흘러 넘치는 캐릭터가 아니라 매우 씩씩하고 유머 있는 인물로 그렸다는 점이 마음에 들었다.

소피의 가사도우미로 생활하면서도 찬실 씨는 기죽지 않는다. 소피의 불어 선생님이자 단편영화 감독인 연하남 김영을 만나 '사랑이나 해볼까' 하며 직진하기도 한다. 물론 '누나로 생각하고 있다'는 말로 사랑마저 수포로 돌아가지만. 진짜 되는 게 하나도 없는 그때, 찬실 씨는 주인집 할머니의 달관한 인생관과 수상한 남자의 도움으로 '자신이 진짜 원하는 것이 무엇인지' 깊이 생각하게 된다.

가장 인상적인 장면은 한글을 막 배우기 시작한 주인집 할머니와 찬실 씨의 대화 장면이었다. 늙으면 하고 싶은 게 없어져서 좋다는 할머니. 그 말에 찬실 씨는 이 세상에 하고 싶은 게 없는 사람이 어디 있냐고 한다.

할머니의 나이쯤 되면 그게 가능할지 몰라도 오십 대인 나는 아직 '달관'의 경지에는 이르지 못했다. 영화를 위해 모든 것을 걸었던 찬실 씨처럼 나도 계속 무언가에 나를 걸곤 했고, 지금도 그렇다. 그것은 때로 직업이기도 하고, 돈이기도 하고, 사랑이기도 하고, 내가 쓴 책 『내가 힘들었다는 너에게』이기도 했다.

그러나 분명하게 변한 부분도 있다. 예전보다 포기하는 속도가 빨라졌다. 아무리 간절히 원해도 얻어지지 않는 게 있다는 사실도 빠르게 인정한다. 결국 원하는 걸 얻는다 해도 그게 영원하지 않다는 걸 아는 나이가 되어버린 탓이다. 어떤 때는 그 얻음이 나에게 독이 될 수도 있다는 사실도.

내 몸에서 욕심이 다 빠져나가서가 아니라, 비슷한 과정을 반복적으로 겪으며 체득하게 된 진리다. 할머니의 하고 싶은 게 없어져서 좋다는 말은 아마도 그런 의미이지 않을까. 아직 할머니처럼 하고 싶은 게 없는 수준까지는 아니지만, 그게 무슨 뜻인지는 알 것 같았다.

찬실 씨도 주인집 할머니에게 한글을 가르쳐주면서 영화에 모든 것을 걸었던 삶을 다시 한번 돌아보게 된다. 그리고 진짜 중요한 것이 무엇인지를 찾아간다.

생계 걱정, 경력 위기, 건강 문제, 부모의 질병 등 중년의 삶의 지형을 뒤흔드는 일들은 시도 때도 없이 일상을 침범한다. 삶에 브레이크가 걸릴 때마다, 원하던 것이 허물어질 때마다, 더 이상 애를 쓰는 게 무의미하다고 느껴질 때마다, 길을 잃은 것 같을 때마다, 공들인 것들이 와르르 무너질 때마다 삶을 약속해하며 휘청인다면 어떤 모습이 될까.

남들이 보면 이생망 수준인 찬실 씨는 자기애를 가지고 처음부터 끝까지 씩씩하고 경쾌하다. 그래서 영화를 보다 보면 '당신이 정말 잘되었으면 좋겠어요' 하며 찬실 씨를 응원하게 된다.

다 나와 같은 마음인지, 영화 속 찬실 씨의 동료들도 찬실 씨를 지지하고 응원하며 연대한다. 아무리 씩씩하다고 해도 사람은 혼자 설 수 없으니까. 씩씩함, 건강한 자기애 그리고 서로 지지해주고 응원하는 사람들과의 연대는 슬기로운 중년 생활을 위해 찬실 씨가 전해준 팁이다.

그렇다면 찬실 씨가 찾은 '진짜 하고 싶은 중요한 것'은 무엇일까? 찬실 씨를 자신의 페르소나로 삼은 김초희 감독은 한 인터뷰에서 이렇게 말했다.

"마흔한 살에 프로듀서 일을 그만뒀다. 영화를 한다고

쉼 없이 달려왔는데 결실을 보지 못한 채 끝나버린 거다. 어리기만 한 나이가 아니다 보니 뭔가를 다시 시작할 수 있는 나이임에도 선뜻 실행하게 되지 않았다. 갑자기 내 인생이 막막하게 느껴졌다. 오랫동안 영화 일을 했는데 상처만 남은 것 같았다. '찬실'이라는 이름은 '빛나는 열매'라는 뜻이다. 내 인생에도 결실을 맺어 주고 싶었다. 그렇게 다시 영화를 꿈꿨고, 무엇을 할 것인가가 아니라 어떻게 살 것인가를 고민했다. 젊을 때는 목표를 두고 꿈을 향해 패기 있게 내달렸다면, 앞으로는 함께 살아가는 사람들이 얼마나 중요한지 깨달아가며 사랑하고 사랑받으며 살기로. 마흔 살 언저리에 그런 점이 보여서 다행이다. 전에는 영화 없이 살 수 없을 것 같았지만, 이제는 영화가 아닌 삶도 살 수 있을 것 같다. 성공도 물론 좋은 일이다. 하지만 그게 꼭 우리의 행복과 상관이 있지는 않다."*

'부처를 알고 싶으면 부처를 생각하는 마음을 멈추라'는 뜻이다. 그리고 영화는 '하고 싶은 게 없는 사람도 있냐'는 찬실 씨의 물음에 대한 주인집 할머니의 대답으로 오늘 하루 '적당히 행복하게' 사는 법을 알려준다.

"나는 오늘 하고 싶은 일만 하면서 살아. 대신, 애써서 해."

그래서 난 오늘도 노트북 앞에 앉아 오늘 하고 싶었던 일, 글을 애써서 쓰고 있다.

욕망해도
괜찮아

오빠가 회사를 나오고 허리 디스크가 괜찮아질 즈음, 엄마에게 매력적인 제안을 했다.

"나 재취업하기 전에 해외여행 한번 같이 가요."

예전 같으면 오빠의 이 말에 '됐다'고 하셨을 텐데, 이번에는 달랐다. 입으로는 "여행?" 하시면서 얼굴에는 이미 미소가 번지고 있었다.

엄마는 여행을 많이 다니셨다. 나와는 호주, 뉴질랜드, 일본, 동남아, 캐나다를 다녀왔고, 오빠와도 일본, 동남아, 서유럽, 동유럽, 북유럽을 다녀왔다.

엄마가 가장 젊을 때 간 여행은 환갑 때 다녀온 호주

와 뉴질랜드다. 아빠랑 같이 보내드리려고 적금을 들었는데, 그전에 아빠가 돌아가시는 바람에 내가 모시고 갔었다. 엄마 모시고 여행을 온 기특한 딸이라고 어르신들께 얼마나 예쁨을 받았는지 모른다. 지금이야 엄마와 딸이 함께 여행을 다니는 경우가 많아졌지만 말이다.

또 오빠가 엄마를 모시고 해외여행을 가기 시작한 십 여년 전쯤엔 아들이 어머니와 함께 여행을 가는 경우가 많지 않았다. 그래서 오빠도 엄청난 효자 취급을 받았다고 한다. 지금은 아들이 엄마나 아빠를 모시고 여행을 하는 게 꽤 흔해졌다. 이렇게, 세상은 잘 변하지 않는 듯하면서도 변하고 있다.

그렇게 종종 다니던 여행을 가지 못하게 된 건 코로나 때문이었다. 리조트에 가서 가끔 콧바람을 쐬긴 했지만. 요즘 들어서 다시 해외여행을 가는 티브이 프로그램이 많아지면서 '다시 해외여행을 가도 되나?' 하는 생각이 들던 참이었다.

여행을 즐기는 엄마는 나와 함께 여행 프로그램을 보면서 옛날 기억을 많이 떠올리셨다. 하지만 무릎이 아파서 해외여행은 못 갈 것 같다고 하셨다. 내가 보기에도 엄마의 무릎 상태와 걷는 속도를 고려했을 때, 이제 단체 패키지여행은 무리였다. 그렇다고 자유여행을 가는 건 우리 집 상황으로는 힘들었기 때문에 당분간 엄마와의 해외여행은 불가능하다 생각했다.

그런데 오빠의 제안에 얼굴 가득 펴지는 엄마의 미소를 보는 순간, 엄마가 예전에 했던 말이 생각났다.

"내가 다리 못 쓰게 돼도 가끔은 데리고 나와줘."

엄마가 그런 말을 한 이유는, 예전에 대만 여행을 갔을 때 휠체어를 타고 온 할아버지를 봤기 때문이다. 가족들이 할아버지의 휠체어를 밀어주며 관광 명소를 다니고 있었다.

'저렇게 몸이 불편한데, 왜 다니실까?'라는 생각이 들었을 법도 한데, 그때는 달리 보였다. 많이 돌아다니지 못해도 저렇게 집 밖으로 나와 새로운 공기를 마시는 게 얼마나 좋으실까 하는 생각이 들었다. 진짜 몸이 좋지 않아서 쉬고 싶은 분들도 계시겠지만 가족에게 폐가 되기 싫어서, 나 때문에 가족이 고생할까 봐 여행에 따라나서지 못하는 분도 많을 테니까.

그때 그 가족의 모습을 보면서 "엄마, 나중에 혹시 엄마가 걷기 어려워지면 내가 휠체어에 태워서라도 같이 여행 다닐게"라고 했다. 그 말에 엄마는 "그래. 엄마 다리 못 쓰게 돼도 가끔은 데리고 나와줘" 하셨었다. 워낙 밖을 다니는 걸 좋아하는 엄마여서 가능한 반응이었다.

엄마는 요즘 통증 주사를 맞고 무릎 통증이 잦아든 덕분인지 오빠의 제안에 솔깃했던 모양이다. 안 가시겠다는 말은 입 밖으로 한마디도 안 내시고 대신 "그러면 우리 강아지는 어떡해?" 하신다. 강아지 혼자 지낼 것을 염려하시는 걸 보니 엄마의 대답은 들은 바나 다름없었다. 벌써 마음은 이미 비행기에 오르신 거다. 여행을 떠나기 전부터 옷을 이것저것 입어보고, 준비물을 챙기고, 약을 미리 받아오는 엄마의 소녀 같은 모습을 떠올리면 내 마음도 붕 뜬다.

예전에는 나이가 들면 그런 욕망이 사라지는 건 줄 알았다. 몸의 기력이 떨어지면서 자연스럽게 유희에 대한 욕망도 잦아드는 건 줄 알았다. 지금 생각하면, 그런 생각은 노인에 대한 오해다. 물론 개인의 성향 차이가 있고, 각

집안의 상황에 따라 다를 순 있겠지만, 나이가 든다고 해서 욕망이 다 사라지는 건 아니다.

지금은 많이 달라지긴 했지만, 우리 세대의 부모님들은 "됐다" "괜찮다"라면서 자식 먼저 챙기느라 당신들의 욕망을 제대로 펼쳐보지 못한 분들이 많다. 그래서 나는 나이 들수록 엄마가 더 재미있는 것들을 많이 욕망하셨으면 좋겠다. 그리고 나도 그렇게 나이 들고 싶다.

얼마 전, 다시 탱고를 배우고 싶어서 알아봤다가 깜짝 놀랐다. 가입 연령이 사십 대까지로 제한되어 있었다. 오십 대 이상은 개인 교습을 받아야 한단다. 오십 대 이상은 따로 신청을 받는 곳도 있었는데, 그 이하 연령대가 등록할 경우 나이 확인을 할 수 있는 생년월일을 기입해야 한다는 안내문을 보고 혼자 빵 터졌다.

우리나라에서는 이상할 정도로 나이가 중요하다. 나이 많은 사람이 있으면 물이 흐려진다고 생각해서 그런가 싶은데, 나도 이제 '물 흐리는 나이'가 되었구나 하는 마음에 절로 웃음이 나왔다.

그래도 저항감이 생기는 건 어쩔 수 없다. 탱고가 젊

은 사람들만 출 수 있는 춤은 분명 아닐 텐데 말이다. 개인마다 습득력 차이가 있고, 나이가 든 사람들은 배우는 게 조금 느릴 순 있겠지만 춤을 추는 것에도 이렇게 나이 제한을 두다니. 즐기는 것조차 선을 그어버리는 것 같아 씁쓸했다. 더 샅샅이 뒤지면 나이 제한이 없는 곳이 나올까 싶었지만, 접근할 수 있는 문턱이 높다는 것 자체가 잘못된 일 아닐까.

내가 나이가 들고 보니, 이렇게 '나이'를 핑계로 그어 놓은 선들이 눈에 띄기 시작한다. 그 전에는 잘 보이지 않던 선이다. 나이가 들어도 여행 가고 싶고, 춤을 추고 싶을 수 있다. 나이가 든다고 해서 놀고 싶은 마음이 사라지는 것도 아니다. 뒷방 늙은이가 되어 집이나 지키고 싶은 노인은 아마 없을 것이다. 휠체어를 타고 다른 가족들이 수고를 해야 할지언정, 함께 다니고 싶은 마음은 비슷할 것이다.

지난번 강원도의 한 리조트에 갔을 때, 엄마와 산책을 나갔다가 어떤 할아버지가 혼자 벤치에 앉아 있는 모습을 봤다. 특별히 즐길 거리는 없어도, 가족과 함께 여행을 와 있다는 것 자체가 집에 혼자 우두커니 있는 것보다 저분에게 더 나은 일일지도 모른다는 이야기를 엄마와 나누었던 기억이 난다.

그래서 나는 여행 가자는 말에 엄마의 얼굴에 퍼지던 생기와 미소가 반갑고 좋았다. 앞으로도 엄마의 여행에 대한 욕망이 줄지 않았으면 좋겠다.

자, 그러려면 돈 벌자, 돈!

버티면
좋은 날이 온다

누구나 인생에 터닝 포인트가 있다. 그리고 그 터닝 포인트는 나를 어떤 방향으로든 인도해준다.

삼십 대 때 편집 기자로 나를 갈아 넣으며 일하다가 몸에 병이 생긴 나는 더 이상 안 되겠다 싶어서 사표를 던지고 스스로 브레이크를 걸었다. 그리고 그때까지 열심히 살았으니 그냥 어영부영 쉬는 것보다는 제대로 쉬고 싶었다. 영어공부도 할 겸, 어릴 때부터 로망이었던 해외에서 살아보기를 해보자고 결심했다. 그래서 혈혈단신으로 캐나다 빅토리아로 떠났다. 덕분에 그동안 벌어놓은 돈을 다 날리긴 했지만, 십오 년 정도 지난 지금도 가장 잘 한 선택, 최고의 낭비라고 생각한다. 그만큼 캐나다에서의 일 년은 나에게 큰 위로였고 보상이었다. 살면서 언제 또 그래 보겠는가.

다시 한국으로 돌아온 후, 나는 금세 취업이 될 줄 알았다. 나름 쌓아놓은 경력이 있으니 조금만 눈을 낮추면 문제없을 것이라 여겼는데, 천만의 말씀이었다. 아무리 이력서를 내도 서류조차 통과하지 못한 채 백수의 왕으로 이 년 정도를 지내야 했다. 중간에 교정 교열 아르바이트를 하긴 했으나, 그게 직업이 될 순 없었다.

명함 없는 사십 살. 왠지 겁이 나고 막막했다. 통장 잔고가 계속 '0'을 왔다 갔다 하자 뭐라도 해야겠다 싶어서 도넛 가게 아르바이트를 시작했다. 앞에서 말했듯이 처음에는 그게 내가 살아오던 인생에서 추락하는 것처럼 느껴졌지만, 어느 정도 적응한 후부터는 이런 생각이 들었다.

'해보니 생각보다 괜찮네. 여기서 이 일을 몇 년이고 계속할 수 있을 것 같아.'

첫 출근할 때만 해도 빨리 탈출해서 내가 그렇게 원하고 바라던 곳으로 가길 바랐지만, 꼭 그러지 않아도 괜찮다는 마음으로 바뀐 것이다.

도넛 가게 아르바이트를 한 시간들은 내가 이르고자 했던 삶과 괴리가 있다 해도, 어디에 있든 주어진 상황을 받아들이고 내가 선택한 삶에 최선을 다하는 것이 '잘 사는' 것임을 처음으로 깨닫는 시간이었다. 내 가치관이 변하게 된, 중요한 첫 사건이었다.

그렇게 아르바이트를 하며 잘 살다가 갑자기 생각지도 못한 곳에서 연락이 왔고, 그곳에서 이 년 정도를 일했다. 그러다 티브이에서 라디오 방송 작가를 모집한다는 공고를 봤다. 마흔을 넘긴 나이가 걱정되긴 했지만 내기나 해보자는 마음으로 지원했다가 100대 1의 경쟁률을 뚫고 덜컥 합격했다.

제2의 인생이 열렸다고 생각했다. 앞으로는 찬란한 미래가 펼쳐질 일만 남았다고. 내가 여기에 오려고 그 수많은 시간을 헤매고 고생한 거구나 싶었다. 공채로 뽑혔으니 적어도 오십까지는 일할 수 있을 거라고 막연하게 낙관했던 것이다.

그러나 그곳도 엄연한 서바이벌 현장이었다. 나인 투 식스가 아니라 지하철 첫차 출근, 밤 아홉 시 퇴근을 하며 또 나를 갈아 넣었다. 나에게 찾아온 마지막 기회라는 생각에 절박하게 매달렸다.

그러나 더 할 수 없을 정도로 열심히 해도 안 되는 일이 있다는 걸 그때 알았다. 개편이 되면서 바뀐 피디가 자신이 일하기 편한 작가와 일하겠다는 통보를 한 것이다. 나는 하루아침에 실직자가 되었다. 시속 백 킬로미터로 열심히 달리던 일상이 강제 종료되었다.

상실감과 허무함, 분노, 막막함, 배신감. 모든 감정이 뒤엉켜서 어디서부터 풀어야 할지 알 수가 없었다. 그런 나를 보면서 엄마는 좌불안석했고, 그렇게 불안정한 세월을 이 년 정도 보냈다.

소속이 없다는 불안도 무시할 수 없었다. 중간에 주말 프로그램을 맡기도 했지만, 그것으로 생계를 이어가기엔 턱도 없었다. 그마저도 못 하게 되어버리면서부터는 진짜 백수가 되었지만.

방송국 쪽은 쳐다보기도 싫어서 공인중개사 시험을

기웃거리기도 했다. 하지만 생각보다 어려웠고, 공부해보니 내 적성과도 맞지 않는 일이라는 판단이 들어서 시험 불합격과 함께 미련을 완전히 접었다.

또다시 시작된 백수의 삶. 나는 다시 아르바이트 자리를 구했고, 프랜차이즈 햄버거 가게에 취업했다. 일주일에 사흘이나 나흘 정도 나가는 스케줄이어서 월 백 만 원도 벌지 못하는 일자리였지만, 하도 어렵게 구해서인지 그저 감사했다. 허리가 안 좋은 탓에 발까지 아파도 감사하다는 마음만 들었다.

그러다 문득 이런 생각을 했다.

'그냥 이렇게 아르바이트를 하며 육십까지 일해도 괜찮겠다.'

몇 년 전 도넛 가게에서 일하다 들었던, 그때 그 마음이었다.

그렇게 십 개월 정도 지났을 때, 난데없이 방송국에서 연락이 왔다. 아주 괜찮은 낮 방송 프로그램을 함께하자는 제안이었다. 난 그 프로그램 작가가 그만두는지도 몰랐고, 그 프로그램에 들어가기 위해 애쓰지도 않았다.

그런데 내가 모르는 사이 누군가 나를 추천했고, 어어? 하다가 정신 차리고 보니 계약서에 도장을 찍고 있었다. 말 그대로 어느 날 문득, 갑자기 일어난 일이었다.

방송국에서 막 잘리고 상황이 좋지 않을 때나 일이 너무 안 풀린다고 생각될 때, 엄마는 항상 나에게 이렇게 말했다.

"견디다 보면 좋은 날이 와."

또 내가 일을 그만둘 때면 "끝을 잘하고 나와야 해" 라고 했다. 사람들과의 관계를 좋게 마무리하고 나오라는 뜻이었다.

그땐 엄마의 그 말이 참 와닿지 않았다. 내 나이가 이렇게 많으니 견디기만 하다 좋은 날이 오기도 전에 할머니가 돼서 인생이 '쫑'날 것만 같았다.

그런 마음의 저변에는 '난 이렇게는 못 살아' 하는 생각이 깔려 있었다. 지금 내가 서 있는 자리를 부정하니 아무것도 할 수 없고, 앞으로 한 발짝도 나아갈 수 없었다. 그러니 답답할 수밖에. 그래서 엄마한테 "그놈의 좋은 날은 도대체 언제 와? 다 늙어서 오면 뭐 해?" 하고 투덜거리기도 했다. 그냥 견디는 게 무슨 소용인가 싶기도 했고, '좋은 날'이라는 게 정확히 어떤 날인지도 헷갈렸다.

돌이켜보면 내가 바란 좋은 날이란, 보란 듯이 잘 사는 삶이었던 것 같다. 잘 안 풀리고 시들거리는 내 자존심을 세워서 번듯한 자리로 인도해주는, 역전승 같은 삶 말이다.

그런데 생각해보면, 그런 날을 바랄 때는 내 삶에 어떤 일도 일어나지 않았다. 반대로 내 마음속에 일던 폭풍이 잠잠해지고, 그냥 지금처럼 살아도 되겠다는 마음이 들었을 때 이상하리만치 행복을 느끼는 빈도가 늘었다. 아무 일도 일어나지 않아도 만족스러웠다. 바로 그게 내가 그토록 바라던 좋은 날이라는 걸, 나중에야 깨달았다.

인생의 변화는 그런 때에 일어난다. 이제 더 이상 방송국에서 일할 일은 없다고 여겼는데 갑자기 방송국에서 연락이 왔고, 생각지도 못한 기회가 주어졌다. 그리고 그것은 내가 잘해서라기보다는 서로 끝이 좋았던 사람들의 도움으로 일어난 일이었다는 걸 깨달았다.

"버티다 보면 좋은 날이 와."

내가 어디 있는지 알 수 없었던 백수 생활 때, 나만 낙오되고 소외되고 뒤처진 느낌이 들어 괴로웠을 때, 엄마의 이 말은 공허하게 들렸다. 그 시간을 아무리 잘 보내려 애쓴다 해도 불쑥불쑥 올라오는 복잡한 감정들은 어쩔 수 없이 마주해야 하니까.

그럼에도 불구하고, 나만의 규칙을 만들고 삶에 최선을 다하면 그 시간은 버텨진다. 그러다 보면 살 만하다 여겨지는 좋은 날이 온다. 그리고 그다음에 펼쳐지는 삶은, 분명 다른 차원의 삶이다.

그때도 살 만했고, 지금도 살 만하다. 그렇게 버티다 보니 좋은 날에 이르렀고, 돌이켜보면 그때도, 지금도 좋은 날이다.

둘.

팔십 대 엄마와 산 지 칠 년 차

4
팔십 대 엄마, 오십 대 자녀가 한집에 삽니다

오십이 넘었는데
엄마랑 싸웁니다

"내가 좀 잘해주려고 하다가도 잘해줄 수가 없어."

2016년에 방영된 〈디어 마이 프렌즈〉라는 드라마에서 '박완' 역의 배우 고현정 씨가 엄마로 분한 고두심 씨와 갈등하다가 내뱉은 대사다. 이 대사를 들을 때 속이 시원했다. 꼭 내 마음 같아서.

엄마와 가끔 싸운다. 물론 삼십 대나 사십 대 때 보다는 훨씬 덜 싸우는 편이다. 나이가 들수록 엄마도 나도 기운이 빠지니 싸울 일이 적어졌다. 그래도 함께 살다 보면 충돌이 일어나는 건 어쩔 수 없다. 엄마와 사이가 좋은 편인데도 그렇다.

재작년 어느 날에도 별것 아닌 일로 말다툼을 했다. 뉴스를 보다가 코로나 확진자와 위중증 환자가 많이 늘었다는 소식을 듣고 대처가 너무 늦은 것 같다고 이야기했는데, 그 말이 끝나기 무섭게 엄마가 한마디 하셨다. "이제 나쁜 말은 그만~."

엄마가 내 입을 막은 건 그때가 처음이 아니었다. 건강 보험료가 갑자기 올라서 내가 투덜댔더니 그때도 엄마는 그만하라고 하셨다. '내가 집에서 내 의견도 이야기 못 하나?' 하는 생각이 들어서 엄마에게 항변했다.

"우리 집에서 내가 하고 싶은 말도 못 하고 살아? 엄마는 지난번에도 그러더니 또 그러네. 내가 싫어하는 거 알면서."

그러자 엄마가 지지 않고 말했다.

"네가 그런 이야기할 때 화를 내서 그래."

나도 부아가 나서 대꾸했다.

"화가 나면 화도 내고 그러는 거지. 내가 엄마한테 뭐라고 하는 것도 아니고 그냥 말로 푸는 건데. 그럼 앞으로 집에서는 아무 말도 안 해야겠네."

나의 이 유치한 선언에 엄마도 질세라 대답했다.

"그래, 그럼."

그 말에 마음이 상한 나는 진짜로 다음 날 출근할 때까지 입을 닫았다.

초등학생이 울고 갈 법한, 유치하기 짝이 없는 다툼이었다. 하지만 이 다툼은 그저 도화선일 뿐, 내게는 그전부터 엄마에 대한 불편함이 쌓이고 있었다. 엄마는 나이가 들수록 굳이 하지 않아도 되는 말을 입 밖으로 내는 경우가 많아졌다.

예를 들어 내가 커피를 테이크아웃 해오는 날이면, 다 들리는 혼잣말로 "커피는 우라지게 잘 사 먹네"라고 하실 때가 있다. 커피는 기호 식품이니 먹는 것 가지고 핀잔 주지 않았으면 좋겠다고 말해도, 엄마는 가끔씩 못마땅하다는 신호를 보내곤 한다.

"내가 오십 넘어서 커피 마시는 것도 엄마 눈치를 봐야 해?"

그렇게 몇 번이나 이야기해봤지만 참는 듯하시다가도 같은 말을 반복하신다.

사실 나도 엄마의 소비를 다 이해하는 건 아니다. 홈쇼핑을 보다가 엉뚱한 약에 꽂혀서 사려고 할 때나, 건강 프로그램을 보고 거기서 좋다고 하는 영양제나 식품을 사려고 할 땐 그러지 좀 말라는 말이 목구멍까지 올라온다. 그래도 일단은 엄마의 이야기를 들어드리고, 그 상품과 판매처를 검색해본 뒤 괜찮다 싶으면 같이 주문하고 아니면 사지 말라고 말린다.

거기까지는 괜찮다. 문제는 그렇게 사놓은 걸 엄마가 나에게 먹으라고 강요한다는 것이다. 나는 별 필요도 못 느끼고 귀찮기도 해서 영양제든 건강식품이든 성실하게 챙겨 먹지 않는 편이라, 그런 나를 챙겨주고 싶은 엄마의 선의는 종종 분란의 씨앗이 되어버리고 만다.

"너 먹으라고 산 건데 왜 이렇게 안 챙겨 먹어?"

그런 성화를 부리실 땐 억울함이 밀려온다. 나는 그걸 먹겠다고 한 적이 없는데 말이다.

밤마다 먼저 잠자리에 든 엄마를 확인하고 내 방으로 온다. 주무시는 엄마를 볼 때마다, 그리고 점점 노쇠해지는 엄마를 볼 때마다 시간이 얼마 남지 않았으니 잘해드려야겠다고 다짐하곤 한다. 엄마와의 하루하루가 소중하고 엄마에게 남은 시간 동안 행복하고 좋은 기억을 많이 만들어드리고 싶다는 생각도 자주 한다. 그러나 듣지 않아도 될 핀잔을 듣는 상황이 반복되면 드라마 속 고현정 씨의 대사가 마음속에서 불쑥 올라온다.

"내가 좀 잘해주려고 하다가도 잘해줄 수가 없어."

옛말에 여든 넘은 어머니가 육십 넘은 아들에게 차 조심하라는 말을 했는데, 그 아들은 꼭 아이처럼 대답을 했다고 한다. 나도 오십 넘은 딸을 아이 취급하면서 선을 넘는 엄마를 그런 태도로 대하고 싶지만, 그렇게까지 효녀 노릇을 하기에는 어딘가 불편하고 어색하다.

그래도 다행인 건, 이제는 엄마나 나나 냉전의 시간이 오래 가지 않는다는 것이다. 집에서 엄마와 말을 안 하겠다고 선언하고 나간 그날, 퇴근하고 들어오니 엄마가 부추전을 해놓으셨다.

내가 밥을 먹고 왔다고 하자 엄마는 한껏 풀이 죽은 목소리로 "미리 말을 해주지"라고 하셨다. 다른 때 같으면 힘차게 구박을 하셨을 텐데, 그 풀 죽은 목소리에 마음이 약해져버렸다. 엄마와의 냉전은 늘 그렇게 맥없이 끝난다. 엄마는 때로 나를 짜증 나게 하지만, 나에 대한 엄마의 사랑은 이 세상 그 누구보다 진심이라는 걸 믿어 의심치 않는다.

엄마와 나 모두 나이를 먹을수록 싸움의 빈도가 줄어들고, 화를 내는 온도가 점점 낮아지듯이, 요즘의 티격태격하는 소리도 아마 점점 줄어들 것이다. 그런 뻔한 사실을 알면서도, 또 언젠가 엄마와 티격태격하는 이 시간조차 사무치게 그리워하는 때가 올 거라는 걸 알면서도 어리석은 자식은 늘 착각을 한다.

> "사랑은 내리사랑이라고 부모가 자식을 더 사랑한다고 사람들은 말하지만, 아마 그 말은 부모 된 입장에선 사람이 한 말일 거다. 우리 자식들의 잘못은 단 하나. 당신들을 덜 사랑한 것이 아니라 당신들이 영원히, 아니, 아주 오래 우리 곁에 있어줄 거라는 어리석은 착각."*

“내가 죽을 때가 됐나 봐” 하면서 로또를 사는 엄마

우리나라 3대 거짓말 중 하나는 노인의 ‘죽고 싶다’는 말이다. 그런데 우리 엄마는 죽고 싶다는 말을 하신 적이 없다. 내 기억으로는 그렇다. 대신 ‘내가 죽을 때가 됐나 봐’라는 말을 자주 하신다.

“내가 죽을 때가 됐는지 자꾸 식은땀이 나.”

“내가 죽을 때가 됐는지 입맛이 뚝 떨어져.”

“죽을 때가 됐는지 기운이 없어.”

본인의 컨디션이 조금이라도 안 좋을라치면 어김없이 나오는 말이 ‘죽을 때가 됐다’는 소리다. 처음에는 놀라서 이것저것 물어보고, 병원에 가보자고 권유도 하고, 한

약을 드시게 하기도 했다. 그런데 시간이 갈수록 이런 말들도 가려서 들어야 한다는 걸 깨달았다. 진짜 몸이 안 좋으신 때도 있지만, 살짝 컨디션이 떨어지는 날에도 부풀려서 이야기하시는 경우도 있기 때문이다. 후자라고 생각될 때는 한 귀로 듣고 한 귀로 흘린다. 물론 그러다 엄마가 서운해하시면 눈치껏 대답해드려야 한다.

내 몸이 안 좋았던 어느 날엔 또 "죽을 때가 됐나 봐" 하는 말을 듣고 조금 짜증이 나서 "엄마 나이 때 팔팔한 게 이상한 거지. 그만큼 안 아픈 게 더 이상하구만" 하고 쏟아버린 적도 있다. 엄마가 어찌나 서운해하시던지……. 그날 나는 손이 닳을 만큼 싹싹 빌어야 했다.

나 역시 갱년기를 지나며 각종 질환이 이어달리기처럼 계속되고 있다. 엄마의 반복되는 하소연을 마냥 받아줄 여유가 없어지는 이유다. 그래도 한편으론 나는 아직 오십인데도 이렇게 아픈데 팔십이 넘은 엄마는 얼마나 아플까 하는 마음이 불쑥 올라오기도 한다. 그럴 때는 앞에서 이야기한 것처럼 다시 세상 둘도 없는 효녀 모드로 전환하곤 한다.

"엄마, 나도 이렇게 아픈데 엄마는 얼마나 아프겠

수?"

이 한마디에 엄마는 '기회는 이때다' 하며 각종 증상 보따리를 풀어내시곤 하는데, 그때의 엄마 표정을 보면 아프다는 걸 알아드리는 것만도 작은 치료가 되는 게 아닐까 하는 생각도 든다.

이처럼 '죽을 때가 됐다'는 엄마의 말은 나에게 큰 타격을 주지 못한다. 내가 정말 듣고 싶지 않은 말은 따로 있다.

엄마와 종종 집 근처 공원으로 산책을 가곤 하는데, 유난히 주황색 꽃이 예쁘게 피는 나무가 있었다. 엄마는 봄마다 그 나무를 보며 예쁘다고 좋아하셨다. 그러더니 삼 년 전인가, 같이 그 앞을 지나다가 느닷없이 자신을 그 나무 아래 뿌려달라고 하셨다. 예전에 아빠가 돌아가신 뒤 화장할 때 엄마도 당신이 떠나면 화장해달라고 하셨던 터라 이유가 궁금했다.

"너희 아빠, 그냥 화장터 있는 데 뿌리니까 나중에 후회되더라. 너희가 속상한 일 있을 때 찾아갈 곳이 있어야지. 그러니까 나중에 쉽게 찾아올 수 있는 곳이 좋을 것 같아."

엄마는 엄마가 사라지고 난 뒤에도 자식들이 힘들 때 찾아와서 울 수 있고, 이야기할 수 있는 품을 남겨주고 싶었던 모양이다. 갑자기 울컥해서 산통을 깨고 말았다.

"……여기다 뿌리면 불법이거든요."

엄마가 사라진 삶. 그 이후의 삶에 대해 생각하고 말하려니 무언가가 목에 걸린 느낌이었다.

그리고 몇 년이 지난 지금, 엄마의 생각은 또 바뀌었다. 어느 날 갑자기 "난 수목장으로 해줘" 하는 게 아닌가. 화장을 해서 나무 밑에 묻어달라는 것이었다. 불법도 아니고, 접근성도 좋고, 비용적인 부분도 괜찮고, 우리도 언제든 가서 엄마를 기릴 수 있는 좋은 방법 같았다.

"그래, 엄마. 그게 좋겠다. 소나무 좋은 걸로 해줄게."

엄마와 죽음에 대해서 이야기하는 것은 사실 쉽지 않은 일이다. 그래도 예전처럼 목구멍으로 뜨거운 게 올라오는 시기는 지났다. 아빠가 너무 일찍 돌아가셔서 아무것도 준비하지 못한 상태로 보내드린 게 내내 마음에 걸렸는데, 이제는 오히려 엄마와는 이런 이야기를 나누면서 준비할 수 있어서 다행이라 여기고 있다.

엄마는 이미 자신의 통장 비밀번호를 메모지에 적어서 서랍에 넣어놓고, 영정 사진도 찍어서 분홍색 보자기로 싸놓으셨다. 그도 그럴 것이 이제 엄마 나이는 여든세 살. 건강하게 구십 살까지 사셨으면 하는 게 바람이나, 엄마나 나나 시간이 많이 남아 있지 않다는 걸 알고 있다.

그 유한함이 '언젠가'라는 막연히 먼 미래가 아니라 바로 앞까지 왔음을 피부로 느끼는 요즘, 엄마와 나는 예전에 비해 서로에게 고맙다는 말을 많이 한다. 밥을 먹고 나서도, 맛있는 음식을 배달해서 먹고 난 뒤에도, 분리수거를 한 다음에도, 마트에서 많은 짐을 들고 온 후에도 종종 고맙다는 인사를 한다. 예전에는 당연하다 여겼던 것들이 새삼 고맙게 여겨지는 탓이다. 생각해보면 당연한 건 아무것도 없으니까.

예전엔 '내가 죽을 때가 됐나 봐'나 '내가 죽으면' 같은 말을 안 들으면 좋겠다고 생각했다. 하지만 지금 돌이켜보니, 엄마의 저 말들은 자식들과 소통하고 싶어서, 혹은 자식들이 이제는 자기 마음을 알아주길 바라며 내민 푸념이자 소소하게 남긴 유언은 아니었을까. 그래서 요즘은 잘 귀담아들으려 하고, 엄마를 더 아껴주려 하는데 내가 과했던 걸까?

“넌 나를 너무 과보호해.”

독립적인 성향의 엄마는 아직 자신의 역할이 있기를 바라신다. 그러면서 며칠 전 아침에는 또 익숙한 말씀을 하셨다.

“내가 죽을 때가 됐는지 아침에 잘 못 일어나겠더라구.”

그러더니 굳이 당신이 아침 식사 준비를 하겠다고 하셨다. 점심때쯤 답답하지 않으실까 싶어서 “오후에 공원에 산책 갈까?” 하고 물으니 냉큼 “그래. 이럴 때일수록 다리 운동해야 해” 하며 좋아하신다.

어디 그뿐인가. 죽을 때가 됐다는 양반이 어제는 좋은 꿈을 꿨다며 로또 두 장을 사셨다. 당첨되면 그 돈으로 뭐할 거냐고 물어보니까 “나도 다 쓸 데가 있어” 하면서 말씀을 안 하신다.

어떤 날은 죽을 때가 됐다고 하면서 죽음에 대해 이야기하며 죽음을 준비하고, 어떤 날은 다리 운동을 하면서 기력을 회복하려 애쓰시는 엄마. 두 마음 사이를 종잡

을 수는 없지만, 하루하루를 잘 정돈하고 유쾌하게 사시
고 있는 것만은 분명하다.

너 늙어 봤냐,
나는 젊어 봤단다

나의 하루는 아침 여섯 시 십 분쯤 시작된다. 전날 몇 시에 잤는지와는 상관없다. 사실 이 시간은 엄마가 아침 운동을 나가는 시간이다. 문이 닫히는 소리가 들리는 순간, 오늘 하루가 시작됐구나 하며 기지개를 켠다. 그리고 정확히 이십 분 후, 나는 강아지와 함께 엄마가 운동하는 작은 공원으로 향한다. 이게 엄마와 나, 강아지가 사는 우리 집의 아침 루틴이다.

엄마는 자기 관리를 잘하시는 편이다. 규칙적으로 운동하고 규칙적인 식사를 한다. 과식도 거의 안 한다. 덕분에 엄마는 아직까지 건강하게 잘 지내시고 있다.

엄마와 내가 같이 산 지는 칠 년 정도 됐다. 나름 자기 관리를 잘 하신다 해도 엄마의 몸과 마음은 약해지는 일에 가속도가 붙고 있다. 매년이 다르다. 내가 말하는 소리를 예년에 비해 더 못 들으시고, 작년에는 같이 걸어갔던 올림픽공원을 올해는 힘들어서 가지 못하신다. 티브이에서 나오는 말이나 자막을 놓쳐서 혼자 다르게 이해하시는 건 기본이다. 엄마를 볼 때마다 몸과 마음이 점점 약해지고 있다는 걸 느끼고 있으니, 얼마나 빠르게 엄마가 늙어가고 있는 걸까.

그래서 살던 집을 정리하고 엄마의 집으로 들어왔다. 더 이상 엄마 혼자 살게 할 수 없어서. 그렇지만 내가 엄마를 보살핀다는 생각은 하지 못했다. 엄마는 나를 보살피는 존재라는 생각이 워낙 단단했던 탓이다. 그러나 시간이 지날수록 견고했던 틀은 갈라지기 시작했고, 내가 감당해야 할 영역은 빠르게 늘어났다.

얼마 전 엄마가 상황버섯을 달여 마시겠다고 해서 약탕기와 상황버섯을 샀다. 내가 집에 있을 때는 달여드렸는데, 엄마가 직접 약탕기를 돌려보겠다고 하셔서 사용하는 방법을 설명해드렸다. 그게 시작이었다.

그 이후로 설명의 블랙홀에 빠져버렸다. 지금까지 엄마에게 똑같은 설명을 적어도 스무 번은 한 것 같다. 당신도 무안하신지 "들어도 까먹네. 그래도 자꾸 해봐야 기억을 하지" 하는데, 어떤 때는 내 입에서 짜증 섞인 말이 제동장치 없이 튀어나가버린다.

"음마…… 내가 몇 번을 설명했어?"

말이 나가는 순간, 스스로 말투가 곱지 않다는 걸 감지하고는 얼른 다시 친절 모드로 설명해드리지만, 마음속에서는 또 다른 자아가 아우성이다.

'아니, 이 쉬운 걸 왜 몰라?'

답답함과 연민 사이를 오락가락하는 사이 마음을 다잡아주는 소리가 치고 올라온다.

'이런 시간도 얼마 남지 않았어. 있을 때 잘해.'

그나마 내가 오후에 출근하는 프리랜서인 게 얼마나 다행인지 모른다. 아침과 점심을 챙겨서 같이 먹을 수 있고, 엄마를 병원에 모시고 가야 할 때 여유 있게 갈 수 있으니 말이다.

엄마 혼자 할 수 있는 일이 점점 줄어드는데도, 엄마가 두려워하는 건 딱 하나다. 바로 자식들한테 짐이 되는 것이다. 이제 충분히 나와 오빠한테 기대도 되는데, 아직까지 엄마는 자식들을 보살피고 싶은 마음이 식지 않은 모양이다.

엄마의 마음이 어떻든 현실적으로는 내가 엄마의 보호자다. 내 할 일이 점점 많아지면서 갱년기를 지나고 있는 몸이 여기저기 아플 땐 힘에 부치다가도, 솔직히 말해서 엄마가 치매가 아니라는 사실에 감사하곤 한다. 그렇게 되면 나 혼자 엄마를 돌보면서 사회생활을 할 수 없을 테니 말이다. 지금의 상황이 아슬아슬하게 느껴지는 이유다. 혼자 살아갈 나의 노후를 생각하면 더 그렇다.

2021년, 송파구에 들어설 예정이었던 치매 노인 환자를 돌보는 실버케어센터 건립이 무산되었다는 소식을 들었다. 반대하는 사람들의 목소리나 상황이 이해가 되기도 하고, 많은 사람에게 당장 필요한 인프라를 먼저 구축해야 한다는 의견에도 동의한다. 그러면서도 그간 이런 시설이 지어지는 일이 주민들의 반대에 종종 부딪혔던 것이 기억나서 씁쓸한 마음이 들기도 했다.

팔십 대 남편이 치매를 앓던 부인을 살해하고 스스

로 목숨을 끊었다는 이야기를 들은 적도 있다. 아픈 가족을 돌보면서 경제활동도 못 하게 되고 심리적으로도 불안해지다 보니 이런 간병 살인이 발생하는 것이다.

노인을 간병하려면 경제활동을 그만두거나, 질 좋은 돌봄 서비스를 받아야 한다. 하지만 그런 서비스를 받으려면 그만큼 돈이 많이 들어서 경제적인 문제에 부딪힐 수밖에 없다. 그래서 이러한 뉴스가 남의 일처럼 느껴지지 않는다. 그 현실이 점점 나에게도 가까이 다가오고 있다. 2025년에는 우리나라의 고령 인구가 전체 인구의 20퍼센트가 넘는 초고령화 사회에 진입한다고 한다. 이제 돌봄은 남의 일이 아니다. 나의 미래이기도 하다.

엄마의 노화 속도만큼은 아니지만, 늙어가고 있음을 날마다 일깨워주는 몸과 기억력의 삐걱거림이 '너도 멀지 않았다'라는 경고음을 시시때때로 보내고 있다. 그래서 엄마가 좀 더 젊을 때 이런 미래를 미리 생각하지 못한 점, 나의 젊음이 계속될 것이라 오만했던 점, 엄마도 늙고 나도 나이 들어가는 현실을 이제야 마주하며 후회하고 반성한다.

그러면서 갖게 된 생각 하나. 늙는 것이 죄가 되고 짐이 되어선 안 된다는 것이다. 문득 어느 가수의 노래 제목이 생각난다.

너 늙어 봤냐, 나는 젊어 봤단다.

엄마의 '진짜 싫다'와 '가짜 싫다'

"어머님은 자장면이 싫다고 하셨어~."

가수 지오디의 노래 〈어머님께〉에 나오는 가사다. 그땐 가슴 절절하다는 생각을 했던 것 같은데, 지금 이 가사를 보면 조금 다르게 느껴진다. 이제는 어디서든 자장면 한 그릇 정도는 사 먹을 수 있는 분위기가 돼서 그런지 가사가 와닿지 않는 것이다. 아마도 지금은 이렇게 말하는 사람이 더 많지 않을까?

"엄마도 자장면 좋아해."

"엄마는 자장면 말고 짬뽕."

세상은 이렇게 변했는데 좀처럼 변하지 않는 건 우

리 엄마의 '싫다 병'이다. '싫다 병'은 소위 말해 일단 "싫다"라고 말하고 보는 병이다. 평소에 긍정의 여왕이라 해도 손색없는 우리 엄마가 가장 자주 하는 말은 아이러니하게도 "난 됐어" "난 안 먹어" "난 싫다"이다. 내가 어디를 가자고 하거나 무언가를 먹자고 할 때 엄마가 "그래, 하자" "그래, 그거 먹자"라고 동의하는 일은 거의 없다.

코로나가 한창일 때도 그랬다. 운동과 산책을 워낙 좋아하고 사람 만나는 걸 즐기는 엄마가 코로나가 창궐한 후 집에만 있으려니 여간 답답해하시는 게 아니었다. 그래서 우리 가족끼리 지낼 수 있는 리조트를 예약하고 이박 삼일 동안 콧바람을 쐬면 좋겠다고 생각했다. 그런 계획을 말했더니 돌아온 답은 "난 됐어, 돈 아깝게 거길 뭐 하러 가"였다.

'돈' 이야기가 나오면 나는 얼른 반격한다.

"엄마, 내가 가고 싶어서 그래."

그렇게 결국 설득에 성공해서 리조트에 갔다.

리조트 산책로를 엄마와 오빠 그리고 강아지와 함께 한 시간쯤 기분 좋게 돌고 난 뒤 시계를 보니 오후 네 시 십 분을 넘어서고 있었다. 날도 좀 더웠고, 기운이 떨어질 시간이어서 아이스크림을 사오겠다고 했다. 또 득달같이 엄마의 대답이 돌아왔다.

"싫어, 난 안 먹어."

내가 엄마와 지내보니, 그 시각 즈음 엄마의 컨디션을 봤을 때 아이스크림을 마다할 타이밍은 아니었다.

"엄마, 무조건 안 먹겠다고 하지 말고 먹고 싶을 땐 먹겠다고……."

내 말이 채 끝나기도 전에 엄마가 말했다.

"난 누가바."

그러더니 무안하셨는지 깔깔깔 웃으셨다. 그 모습이 어쩐지 귀여워서 나도 웃었다.

지금이야 익숙해졌지만 예전에는 엄마에게 "난 괜찮다" "됐다" "싫다"라는 말을 들을 때마다 맥이 빠져버리곤 했다. 엄마의 '싫다'가 진짜 '싫다'가 아니라는 걸 알게 된 건 함께 여행을 다니면서부터다.

돈 쓰는 게 아깝다는 엄마를 설득해서 제주도, 남해, 통영, 경주 등 국내 여행을 다니기 시작했다. 엄마는 가기 전에는 마뜩잖아 하다가 막상 여행지에 도착하면 소녀처럼 좋아하셨다.

해외여행을 갈 때도 예외 없이 '싫다 병'이 재발했다.

"난 비행기 오래 타는 거 힘들어. 이번이 끝이야."

그랬던 엄마는 대만, 싱가포르, 일본, 서유럽, 동유럽, 북유럽은 물론 코로나가 터지기 직전에 스페인까지 다녀오셨다. 이것은 오빠나 나나 결혼을 하지 않았기 때문에 가능한 일이기도 했다.

아빠를 갑자기 보내고 나서 보니, 성인이 된 후 아빠와 찍은 사진이 한 장도 없었다. 제대로 된 추억 하나 없었던 셈이다. 그래서 엄마와의 추억은 많이 쌓겠다고 수없이 다짐했다. 그 결과가 여행이었다.

사실 팔십이 넘은 엄마와 여행을 한다는 건, 내 몸이 두 배로 힘들어진다는 걸 의미한다. 엄마가 칠십 대, 내가 사십 대 때까지만 해도 그럭저럭 다닐 만했다. 그러나 엄마가 팔십이 넘은 후에는 체력이 확연히 떨어져서 조금만 무리를 해도 오래 고생하신다. 그러다 보니 식당에서 밥을 포장해오거나 동선을 미리 살펴보거나 필요한 물품을 사오는 등 자질구레한 심부름은 언제나 내 몫인데, 내 몸도 예전 같지 않다는 게 문제다.

나도 오십이 넘다 보니, 지난번 여행을 다녀와서는 무릎에 물이 차기도 했다. 무릎이 좋지 않은 엄마와 나는 여행지에서 산책을 할 때 종종 벤치에 앉아 쉬곤 한다. 내가 엄마의 무릎을 주물러드리면, 엄마도 내 무릎을 주물러주겠다고 한다. 걷는 속도와 시간이 줄고, 걷다가 서로의 무릎을 내주는 건, 예전과는 달라진 여행 풍경이다.

물론 여행 자체가 중요한 건 아니다. 진짜 중요한 건 평상시 엄마의 마음을 읽는 것이다. 엄마의 '싫다'에 진짜와 가짜가 있다는 걸 알게 된 후부터는 진짜 거부와 가짜 거부를 구분하려 노력한다. 엄마가 진짜 "싫다"라고 할 때는 컨디션이 좋지 않을 때다. 그럴 땐 바로 병원을 모시고 가거나 쉴 수 있게 해드린다. 그 외에 자식 돈이 쓰기 아깝거나 내가 고생한다고 여겨져서 하는 거부는 진짜 거부가 아니다. 그래서 그런 뉘앙스를 풍길 땐 진지하게 엄마와 협상에 들어가곤 한다.

"엄마, 엄마가 다 싫다 하고 안 한다고 하면 나중에 자식들 마음에 한을 만들어주는 거예요. 우리 마음 편하게 해주고 가려면 싫다고만 하지 마셔."

이렇게 잔소리를 한 덕분인지, 엄마의 '싫다 병'은 예전보다 나아지고 있다. 지난주에는 함께 마트 가는 길에 한 옷 가게 앞에서 예쁜 옷을 발견했다. 우리 둘은 동시에 "저 옷 예쁘다" 하고는 홀린듯이 가게 안으로 들어갔다.

엄마는 일흔다섯을 넘기면서부터 옷을 잘 사지 않는다. 오히려 있는 옷을 버리거나 다른 사람에게 주기 바쁘다. 엄마는 아빠를 보내고 아빠의 옷을 정리할 때 가장 마음이 아프셨다고 한다. 그래서 우리가 엄마를 보내고 똑같은 아픔을 겪지 않게 하고 싶으셨던 것이다.

평소 엄마에게 "마음 아파도 괜찮으니까 예쁜 할머니였으면 좋겠다"라고 해도 소용이 없었는데, 그날은 달랐다. 그 옷이 마음에 쏙 든 모양이었다. 절호의 기회였다.

"엄마, 한번 입어나 봐."

유혹은 성공했고, 아주 간만에 엄마는 옷 한 벌을 장만했다. 엄마가 엄마만을 위한 소비를 하는데 한 번에 "좋다"라고 하신 게 얼마 만인지.

입으로는 싫다 해도 마음으로는 좋은 게 있다. 그런 엄마의 마음을 잘 헤아리고 싶다. 이제야 조금 알 것 같고, 엄마의 '싫다'도 조금씩 줄어들고 있는데, 엄마의 시간이 너무 짧게 남은 것 같아서 마음이 급해진다.

엄마가 쓴
육아 노트

사람은 강아지와 눈을 마주치기만 해도 행복 호르몬인 옥시토신이 분비된다고 한다. 강아지를 안고 있으면 옥시토신이 300퍼센트나 증가한다고 한다. 그뿐만이 아니다. 반려동물을 키우면 심장마비와 뇌졸중 발병을 낮출 수 있다는 연구 결과가 나오기도 했고, 대인 관계에서 오는 스트레스나 우울증을 줄일 수도 있다고 한다. 내 경험이 전부는 아니겠지만, 나도 이 연구 결과에 전적으로 동의한다.

원래 우리 집은 동물을 그다지 좋아하지 않는 분위기였다. 내가 어릴 때 닭을 풀어놓고 키우는 집이 있었는데, 그때 닭들에게 쫓겼던 경험이 있어 지금도 닭을 보면 너무 무섭다. 고양이가 스윽 다가오는 것에도 깜짝깜짝 놀라고, 강아지도 무서워서 저 멀리 강아지가 보이면 먼저 피하기 일쑤였다.

그랬던 내가 강아지를 키우고 싶다는 마음이 든 건 갱년기가 지나면서부터다. 몸도 마음도 너무 힘들었던 그때, 나 아닌 다른 존재를 보살피며 마음을 환기하고 싶었다. 가족들의 동의가 필요했기에 넌지시 말을 꺼냈는데, 엄마의 거센 반대에 부딪혔다. 일단 돈이 많이 들고, 강아지를 먼저 떠나보내는 게 마음이 아프다는 이유였다.

그러던 어느 날, 내가 너무 힘들어 보였는지 결국 엄마가 허락을 하셨다. 그 후, 반려견을 만나기 전까지 공부를 열심히 하다가 사 년 전, 우리의 생각보다 훨씬 더 우리를 행복하게 해주는 반려견 밝힘이를 만나게 되었다.

분명 내가 우겨서 키우게 되었고, 엄마는 마지 못해 허락을 했는데, 어찌 된 일인지 엄마가 나보다 이 강아지에게 더 푹 빠져버렸다. '밝고 힘차게'라는 뜻의 '밝힘'이라는 이름도 엄마가 지어주었다.

밝힘이를 돌보는 것이 일상의 즐거운 자극이 된 엄

마는 어느 날부터인가 노트에 무언가를 쓰기 시작했다. 뭐냐고 물으니 '육아 노트'란다. 알고 보니 엄마는 매일매일 밝힘이의 활동을 기록하고 있었다. 엄마가 잠든 후 그 노트를 펴본 나는 눈물이 왈칵 나왔다.

"우리 복덩이 밝힘이가 온 지 이틀째 되는 날. 낯선 집에 와서 아직 적응이 안 되는 것 같다. 밝힘아, 할머니, 삼촌, 엄마가 사랑을 많이 줄게. 무럭무럭 건강하게 자라다오."

"오늘은 밝힘이가 기분이 좋은가보다. 깡충깡충 뛰면서 잘 논다."

"밝힘이가 힘이 없다. 밤새 울타리를 탈출하려고 힘을 많이 쓴 것 같다. 애미가 병원에 데리고 갔다. 아무 일 없다. 돌아와서도 지쳤는지 오래 잤다. 오늘은 장난도 잘 치고 오래오래 놀다가 잠자러 들어간다. 귀여운 밝힘이. 예쁘다."

"늦은 오후, 밝힘이의 행동이 이상했다. 자꾸 자리에 가서 눕는다. 결국 아홉 시 삼십 분쯤 설사를 찍찍 한다. 두 번씩이나. 둘이서 병원으로 달려갔다. 검사 결과 장염이라고, 주사 맞고 약 먹으면 괜찮을 거라고 한다. 가슴이 덜컥. 밝힘이는 다시 조금 활발해졌다. 설사한 거라 회복이 빨리 되지는 않는 것 같다."

"오늘은 삼촌이 하루 종일 밝힘이와 놀아주었다. 외출 나갔다 오니까 반갑게 쳐다본다. 귀여운 것. 힘이 넘친다. 명랑하고 씩씩하다. 뛰는 것 보면 운동선수가 되려나 하고 웃는다. 점프를 잘한다."

밝힘이를 향한 엄마의 마음과 시선이 너무 따뜻하고 애틋했다. 그리고 밝힘이의 육아 일기를 보면서 동시에 나의 아기 시절은 어땠을까 궁금해졌다. 엄마는 우리를 위한 육아 일기를 쓰진 못하셨지만, 분명 비슷한 마음으로 우리를 보고, 키우지 않았을까.

나라도 엄마를 위해 우리의 일상을 기록해야겠다는 생각이 들었다. 간병 일기라면 조금 무거웠을 텐데, 이제 막 보호자가 된 딸과 누군가를 의지할 수밖에 없게 된 엄마가 함께 살아가는 이야기를 쓸 수 있어서 다행이라고 생각한다.

이것은 오십이 넘도록 엄마와 둘이 같이 살고 있는

덕분에 얻게 된 특별한 기회다. 심심하고 단조로운 일상이지만, 규칙적이고 단정하고 다정한 엄마의 소박한 일상을 관찰하고, 거기에 응답하고, 쓸 수 있으니 말이다.

노인의 일상은 아이의 일상보다 주목받기 어렵다. 상대적으로 유쾌하지도 재밌지도 않으니 당연하다. 그러나 분명 노인의 일상에도 유머와 여유, 귀여움이 존재한다. 나이 들어가는 엄마에게서 그런 면모를 발견할 수 있어서 좋고, 내가 잊어버리기 전에 생생하게 기록해서 오래도록 기억하고 싶다.

기록한 것은 내 것이 된다고 하지 않던가. 글을 쓰는 일은 내 인생과 내 인생에 들어온 사건을 한발 떨어져서 객관적으로 보며 다시 한번 해석할 수 있도록 만들어준다. 이것이 좀 더 나은 사람이 되고자 하는 원동력이 된다는 것을, 나는 경험으로 알고 있다.

내가 엄마와의 일상을 쓰겠다고 결심한 이유도 그 때문이다. 글을 쓰면서 엄마를 이전보다 좀 더 세밀하게 관찰하게 되었고, 전에는 이해하지 못해 짜증 냈던 것들을 이해할 수 있게 되었으며, 내가 엄마를 어떻게 돕고 질문해야 하는지 배울 수 있게 되었다.

이 책은 엄마와 내가 서로를 돌보며 쓰는 기록이자 점점 사그라드는 엄마를 남기기 위한 흔적이기도 하다. 글을 쓰면서 생각했다. 이런 흔적 하나쯤은 우리 모두에게 필요하지 않을까. 또 다른 육아 일기처럼 말이다.

5
엄마와 함께 살며 깨달은
인생의 비밀

엄마가 가르쳐주는
나이 듦의 미덕

우리 집 강아지는 훈련이 잘 되어 있다. 어디에 있든지 우리가 "하우스!" 하면 제 집으로 쏙 들어가곤 한다. 그 자그마한 공간이 안식처로 여겨지는지 밤에 잘 때가 되면 늘 하우스로 들어가서 잔다.

그런데 요즘 들어 하우스에 들어가서 자는 빈도가 눈에 띄게 줄었다. 하우스 안에 푹신한 방석을 깔아주었는데도 소파에 놓인 담요 위에서 자는 일이 많아졌다. 이유를 알 수 없는 마음에 혼잣말을 했다.

"밝힘이가 왜 요즘 하우스에서 안 자지?"

내 말이 끝나자 엄마가 대답했다.

"세 줬대. 내가 돈 없다고 하니까 자기 하우스 세 주고 돈 받아서 나한테 준대."

우리 둘은 서로 마주 보며 깔깔깔 웃었다.

엄마와 지내다 보면 효도용 시청을 해야 할 때가 있다. 효도용 시청이란 엄마가 좋아하는 티브이 프로그램을 한두 개 정도 같이 보는 걸 말한다. 웬만해선 "재미대가리 없다"라고 하는 엄마여서, 까다로운 엄마의 취향에 맞는 프로그램이 나올라치면 엉덩이를 붙이고 같이 본다. 점점 줄어가는 엄마와의 공통분모를 만드는 데 이보다 좋은 건 없기 때문이다. 그래서 우리의 주요 대화 주제는 예능 프로그램 〈미스터 트롯〉이었다가 〈싱어게인〉이 되었고, 한때는 드라마 〈신사와 아가씨〉였던 적도 있다.

이렇게 티브이를 같이 보다 보면 가끔 엄마의 취향에 놀랄 때가 있다. 한동안 엄마는 아이돌 그룹 샤이니 민호의 팬이었다. 옛날에 민호가 예능 프로그램에 나와서 운동을 잘 하는 모습을 보고 반하셨다(!). 그때 그룹 샤이니의 존재도 알게 되었다. 엄마는 티브이에 민호가 나올 때마다 손주를 보는 듯한 표정으로 시선을 고정했다.

이보다 더 놀란 적도 있었는데, 여성 댄서들의 경연 프로그램인 〈스트릿 우먼 파이터〉, 일명 '스우파'가 한창 인기 있을 때의 일이다. 뒤늦게 재방송으로 스우파를 보기 시작했는데, 어느 순간 엄마가 옆에 와서 앉으셨다. 그리고 다른 채널로 돌리려는 나에게 "괜찮아. 그냥 봐" 하시는 게 아닌가.

엄마는 꽤 집중해서 보셨고, 내가 강아지와 산책하고 돌아오는 동안에도 채널을 바꾸지 않고 보고 계셨다. 팔십이 넘은 할머니가 스우파라니. 궁금해서 물었다.

"엄마, 재밌어요?"

"그래. 요리 프로그램보다 낫다. 내가 이 나이에 새로 요리할 것도 아니고."

그러고 보니 엄마는 요리하는 프로그램보다 여행이나 노래하는 프로그램을 더 좋아하셨다.

"어떤 팀이 제일 좋아?"

"난 아이키인지 뭔지가 제일 좋더라."

"왜 좋은데?"

"다른 팀이 춤출 때도 제일 열심히 응원해줘서 좋아."

요즘도 엄마와 나는 티브이를 같이 보다가 이런저런

대화를 종종 나눈다. 생활 속에서 주고받는 사소한 대화를 통해 같이 웃고, 그러다가도 문득 진지한 속내를 털어놓기도 한다.

생각해보면 사소하다는 건 얼마나 중요한 것인지. 〈유퀴즈 온 더 블록〉이라는 예능 프로그램에 췌장암 전문의 강창무 씨가 나와서 암으로 일찍 돌아가신 어머니에 대한 그리움을 이야기하는 모습을 본 적이 있다. '신의 손'을 갖게 된다면 이십여 년 전으로 돌아가 어머니의 병을 고쳐주고 싶다고 하면서, 어머니와 사소한 이야기를 하고 싶다고 말했다. 지지고 볶더라도 같이 사는 게 제일 좋다는 말에 저절로 고개가 끄덕여졌다.

학창 시절, 종종 전철역으로 마중 나와서 내 무거운 가방을 들어주었던 엄마. 그런 엄마의 팔짱을 끼고 집까지 걸어가는 길에는 수다 보따리가 풀어지곤 했다. 학교에서 있었던 일, 나를 속상하게 한 친구의 흉, 엄마도 아는 내 친구의 안부 등 엄마와 참 많은 사소한 이야기를 나누었다.

물론 지금도 엄마와 이야기를 많이 나누는 편이다.

그렇지만 이제는 엄마가 속상해할 만한 이야기나 이해하지 못할 이야기는 속으로 삼키는 경우도 많고, 대화의 결도 달라졌다. 예전에 비해 엄마의 인지력이 떨어져서 같은 걸 보고도 다르게 이해하는 경우가 점점 늘어나고 있기 때문이다. 엄마와 대화가 '되는' 시간이 점점 줄어들고 있다는 게 몸으로 느껴진다. 그런만큼 엄마와 나누는 사소한 대화가 새삼 소중하게 느껴지는 요즘이다.

이렇게 엄마를 둘러싼 많은 것이 달라지고 있지만, 엄마가 아직까지 지키고 있는 것이 있다. 바로 유머다. 밥 먹을 때마다 자주 흘리셔서 내가 "식탁 밑에 밥풀이랑 조기 잔치 열렸네" 하면 엄마는 "가만히 둬. 이따 점심때 먹으려고 남겨둔 거야" 하신다. 또 엄마를 잘 모르는 사람이 "아저씨는 어디 계세요?" 하면 엄마는 돌아가신 지 벌써 삼십여 년이 된 아빠를 두고 "멀리 유럽 여행 가더니 거기가 좋다고 삼십 년째 안 오고 있어요"라고 유쾌하게 대답하신다.

이런 농담을 던지며 엄마와 함께 웃는 순간들. 한바탕 말다툼을 하고도 언제 그랬냐는 듯이 풀어지는 순간들. 내 말을 엄마가 잘못 이해해서 설명에 설명을 더해야 하는 순간들. 이 모든 순간이 오십이 넘어서까지 엄마와 같이 살면서 느끼는 사소하면서도 소중한 행복이다. 그리고 나이 들어 가면서도 꾸준히 유지하는 명랑함과 유머는 엄마가 나에게 몸소 가르쳐주고 있는 가장 큰 나이 듦의 미덕이다.

느리게 걸어도
괜찮은 세상

엄마가 느려졌다. 누구보다 몸놀림이 잰 엄마였는데 요새 엄마의 모든 행동은 마치 슬로우비디오 같다. 밖에서 초인종을 누르면 문을 열기까지, 요리를 하다가 냉장고에서 무언가를 꺼내서 가져오기까지 시간이 오래 걸려서 오죽하면 내가 가끔 "이박 삼일 걸리겠어" 하고 농을 할 정도다.

예전에는 같이 외출할 때면 성미 급한 엄마가 늘 나를 기다리곤 했다. 이제는 내가 엄마의 옷 입는 모습을 한참 지켜봐야 한다. 무릎이 불편하다 보니 바지에 다리를 넣고 치켜올리는 행동 자체가 부자연스럽고 쉽지 않아 보인다. 신발을 신을 때도 언제나 구둣주걱이 필요하고, 그걸 써도 꽤 시간이 걸린다. 공과금을 내러 은행에 가도 청원경찰의 도움이 필요하고, 본인이 직접 하면 훨씬 오래 걸린다.

그러다 보니 느린 엄마를 기다리는 일이 일상이 되었다. 이제는 느려진 엄마의 속도에 맞춰야 하는 게 당연한데도, 그동안 몸이 빨랐던 엄마에게 익숙했던 터라 답답함을 느끼는 때가 간혹 있다. 기다리는 시간이 길어지면 나도 모르게 입에서 한숨이 나오거나 "아유아유~" "에이~" 하는 타박하는 듯한 부정적인 감탄사가 새어 나와버린다. 그런 소리 안 하면 안 되냐고 엄마는 또 비슷한 농도의 불평을 하고, 그사이 공기는 냉각되어버린다.

어느 날, 엄마가 다니는 수영장 친구가 엄마에게 그러셨단다.

"형님, 작년에 비해 확실히 몸이 느려졌어요."

엄마는 명랑하게 대답했다고 한다.

"그럼, 내 나이가 몇인데. 자네도 팔십 넘어봐."

느려지는 게 당연한 나이, 여든세 살. 아직 칠십 대인 엄마의 친구가 팔십 넘은 엄마의 느려짐을 다 이해할 수 없듯이, 오십 대인 나는 더 그렇다. 그래서 팔십을 넘어봐야 알 수 있다는 엄마의 말은 거부할 수 없는 정답이다.

문제는 머리로는 정답을 알고 있는데도 갑갑해지기 일쑤라는 것이다. 그래서 요즘 내가 엄마에게 자주 하는 말은 "내가 할게"다. 내가 해버리는 편이 엄마를 기다리는 것보다 훨씬 빠르고 속이 편한 까닭이다. 같이 마트에 가서 물건을 고를 때도, 계산대에서 계산을 할 때도 엄마는 기다리는 뒷사람은 아랑곳하지 않는다는 듯 느릿느릿하다. 그래서 민폐가 될까 싶어 내가 재빠르게 물건을 장바구니에 담고, 직원에게 적립 번호를 말한다.

그렇게 서두르는 이유는 내가 엄마 같은 어르신 뒤에서 기다리는 게 답답했던 적이 있어서다. 줄을 섰는데 앞에 어르신들이 있으면 다른 줄로 옮긴 적도 있다. 계산한 물건을 담는 데도, 계산을 하는 데도, 적립을 하는 데도 어르신들은 젊은 사람들보다 시간이 1.5배는 더 들기 때문이다.

이처럼 노인들은 느리다는 이유로 다른 사람들에게 따가운 눈총을 받는다. 적어도 서울에서는 그렇다. 다른 사람을 기다리게 하는 것이 '민폐'라는 생각이 들 수밖에 없는 사회적 분위기가 있다.

캐나다에 갔을 때를 종종 생각한다. 빅토리아라는 섬에서 일 년을 지냈는데, 다운타운에 도착하자마자 나를 픽업할 사람을 기다리면서 편의점에 들렀다. 이것저것 구경하다가 칫솔 하나를 사고 계산대에 섰다. 그런데 계산하는 줄이 엄청나게 느리게 줄어들고 있었다. 마치 슬로우비디오처럼 돌아가는 세상 같았다.

신기한 것은 계산도 느릿느릿하고 기다리는 줄도 길었지만 고개를 빼서 왜 이리 오래 걸리나 몸짓으로 재촉하는 사람이 아무도 없었다는 것이다. 모두가 당연한 듯이 그 느린 시간을 보내고 있었고, 목을 뺀 사람은 이방인인 나뿐이었다.

서울의 '빨리빨리'에 익숙해져 있던 나는 그 편의점에서의 경험이 꽤 충격적이었다. 빅토리아라는 도시가 노인들이 많이 사는 휴양지라는 특성이 있다지만, 노약자를 우선시하고 그들을 배려하며 기다려주는 분위기를 접한 건 살면서 그때가 처음이었다. 마음속에 단단히 뭉쳐 있던 긴장감이 따뜻한 물에 들어간 것처럼 사르르 풀리는 느낌이었다.

느리다고 소외시키거나 뒤처지게 만드는 게 아니라 느리기에 더 배려하고 기다려주는 것. 그런 사회 분위기가 얼마나 사람을 여유 있게 만드는지를 경험하고 왔지만, 이 빠른 사회 속에 살다 보면 금세 성마른 사람이 되어버린다. 하물며 내 엄마를 기다리는 것도 답답하다 여길 지경이니 다른 사람들이야 오죽할까. 그거 잠깐 기다린다고 해서 큰일이 나거나 손해를 보는 것도 아닌데 말이다.

노인뿐만 아니라 장애인, 어린이도 마찬가지다. 왜 우리는 사회적 약자들을 기다리는 데 이렇게 인색한 걸까. 사회학자 박권일 씨는 우리나라의 '빨리빨리' 문화에 대해 "관용 및 인류애가 최대한 억압된 극단적 효율 추구"라고 했는데, 그 말에 동감한다.

엄마의 말대로 누구나 칠십 대가 되고 팔십 대가 된다. 나는 어느 날부터 무릎에 물이 차서 계단을 내려갈 때마다 무릎이 찢어지는 것 같은 통증을 느꼈다. 그래서 재작년 유월부터 무릎 연골 주사를 맞기 시작했다. 몇 차례

치료를 받으면서 나아지기는 했지만, 의사의 말로는 통증의 원인이 노화로 인한 퇴행성이기 때문에 더 나아지진 않을 거라고 했다.

실제로 그 이후 내 무릎은 예전의 컨디션으로 돌아오지 않고 있다. 무릎을 구부리고 앉는 자세는 언감생심 꿈도 못 꿀뿐더러, 계단을 내려가는 일도 가급적 삼가라는 말까지 들었다. 예전에는 깜박이는 신호등을 보면 자연스럽게 뛰어갔는데 이제는 뛰기보다 기다리는 걸 선택한다. 뛰기 싫어서가 아니라 무릎에 무리가 가기 때문이다. 이전에는 너무나 당연했던 일상의 일들이 더 이상 당연하지 않게 되었다.

최근 또 무릎이 아파서 다시 무릎 연골 주사를 맞기 시작했는데, 통증은 줄어들었지만 서러움은 커져버렸다. 그래서인지 거북이처럼 느려진 엄마를 다 이해할 순 없어도, 기다려주는 여유는 부릴 정도의 이해심이 생겼다. 뛰고 싶어도 뛰지 못하는 상태가 되고서야 생긴 얄팍한 이해심이다.

그래서 엄마가 하는 것보다 내가 하는 쪽이 훨씬 편하고 빠르지만, 이제는 그래도 엄마에게 해보라고 시킨다. 느리다는 이유로 자꾸 안 하기 시작하면 할 수 있는 일도 못 하게 될까 봐, 할 수 있을 때까지 해보시라고 한다. 나부터 누군가를 기다려보자는 마음으로 시작한 일이다. 급한 마음에 내가 해치워버리지 않고, 기다려주는 것. 그것이 언젠간 다 늙을 우리가 우리의 미래인 노인들을 위해 할 수 있는 최소한의 배려 아닐까.

일본 드라마 〈장미 없는 꽃집〉에 인상적인 장면이 있었다. 시각장애인 여성 미오와 미오가 호감을 갖고 있는 꽃집 주인의 딸 시즈쿠가 함께 마트에 간다. 장을 다 보고 계산을 하기 위해 줄을 서는데, 시즈쿠는 짧은 줄에 서려는 미오의 손을 이끌고 일부러 할머니 손님 뒤로 간다. 의아해하는 미오에게 시즈쿠가 말한다.

"아빠는 사람이 많을 땐 어르신들 뒤에 줄을 서."

왜 굳이 그러는지 궁금해진 미오가 이유를 묻자 시즈쿠는 속삭인다.

"뒷사람이 눈치 주면 안쓰럽다고."

조금 느려도 눈치 보지 않도록 뒤에 서주는 사람들

이 있다. 그렇게 느긋하게 기다려주는 사람들이 지금보다 많아진다면 세상은 어떻게 변할까. 극단적으로 효율을 추구하는 것보다 더 중요한 것은 관용이다. 그리고 앞에서 말했듯 언젠가 우리는 모두, 느려진 노인이 된다.

모두 안심할 수 있는 노후

〔○○설렁탕 먹고 싶으면 말해.〕

오빠가 퇴사하기 전, 어느 일요일 오전에 오빠에게서 온 메시지다. 당시 오빠는 대구 건설 현장에서 일하고 있었다. 현장 업무 특성상 주말에도 일해야 해서 일주일이나 격주에 한 번씩 서울 집으로 오곤 했다.

그날도 일하러 나간 오빠는 점심 메뉴를 고르라고 했고, 오전 열한 시 이십 분에 우리 집으로 배달을 시키겠다고 했다. 오빠는 가끔 이렇게 대구에서 서울 사는 엄마와 나에게 점심이나 저녁을 배달 앱으로 주문해주곤 했다. 그 음식들은 멀리 떨어져 사는 오빠가 우리에게 보내는 마음이었다.

엄마는 여기저기 아프시긴 해도 간병이 필요한 질환을 갖고 있진 않다. 그래도 나의 손길이 점점 많이 가는 건 어쩔 수 없다. 그래서 나와 오빠는 엄마를 큰 강아지, 반려견은 작은 강아지라는 별명으로 부르고 있다. 물론 앞에서 이야기했듯 엄마는 아직까지 주방을 사수하고 계신다.

“내가 손발 움직일 수 있을 때까지는 자식들 밥 해 먹이고 싶어.”

그 마음을 알아서 엄마가 지키고 싶은 당신의 역할을 굳이 뺏지 않고 있다. 그게 엄마를 지탱하게 하는 엄마만의 땅이기 때문이다. 그렇다 해도 시간이 갈수록 내가 주방에 있는 시간이 많아지는 것은 어쩔 수 없지만.

그 외에 엄마를 병원을 모시고 가는 것도, 장을 보는 것도, 엄마 컨디션이 안 좋을 때 엄마를 챙기는 것도 내 몫이다. 오빠는 떨어져 살고 있으니 어쩔 수 없이 내가 감당해야 하는 것이다.

그게 마음에 걸렸는지 오빠는 엄마에게 생활비를 드리는 것 외에 병원에 다니시라고 자기 카드 하나를 드렸다. 자식 돈 쓰는 걸 무서워하는 엄마는 정말 아주아주 아플 때만 그 카드를 꺼내신다.

집에 필요한 생필품을 사는 것도 오빠의 몫이다. 태생적으로 자상한 오빠는 엄마와 내가 굳이 말을 꺼내지 않아도 필요한 것들을 잘 챙겨준다. 얼마 전에는 우리를 위해 집에 가습기도 들여놨다.

가족 여행을 갈 때도 운전과 숙박비 같은 굵직한 부분은 오빠가 담당한다. 또 종종 나에게 커피 쿠폰을 쏴주기도 하고, 가끔은 용돈을 보내주기도 한다. 그러면서 보내는 짧은 메시지에는 보통 이렇게 쓰여 있다.

〔나이 든 강아지, 어린 강아지 돌보느라 언제나 수고가 많다.〕

이처럼 우리 집은 비교적 가족 내 역할 분담이 잘 되어 있다. 굳이 입 밖으로 꺼내서 정한 건 아니고, 자연스럽게 그렇게 되었다. 내 수입보다 오빠의 수입이 훨씬 많다 해도 금전적인 지원을 오빠에게 강요할 순 없는데, 오빠가 자진해서 감당해주고 있으니 고마울 따름이다.

어느 책에서 '부모를 봉양하는 일은 가족 모두의 일'

이라는 말을 본 적이 있다. 저자는 어머니가 쓰러지고, 수술을 받고, 퇴원해서 재활하는 과정을 떠올리며, 그때 가족들이 허둥지둥하는 과정에서 체계를 잡았다고 했다. 누군가는 어머니와 함께 병원에 가는 일을, 누군가는 재정 담당을, 누군가는 보험 관련 일을 맡았다는 것이다. 그렇게 책임을 나누지 않으면 어머니의 병환이 가족 전체의 비극이 될 수 있다고 했는데, 그 말에 격하게 공감했다.

내 경우에는 오빠와 나 둘 다 경제활동을 하고 있고, 엄마는 당신의 몸을 스스로 보전하실 수 있다. 나는 엄마 옆에서 필요할 때마다 손발이 되고, 오빠는 재정적인 부분을 잘 감당해 제법 균형을 이루고 있다. 덕분에 아직까지는 일상을 잘 이어가고 있다. 하지만 이 균형이 언제까지나 지속되진 않을 것이다. 지금도 내 주변을 보면 아픈 부모를 간병하느라 삭아가고 있는 사람들이 많다. 만약 나도 엄마를 간병해야 하는 상황이 온다면 부담은 더해질 것이다. 그리고 지금의 균형이 깨지면서 내 일상에도 분명 균열이 올 것이다.

나도 앞으로를 생각하면 이렇게 걱정이 되는데, 혼자 부모님을 돌봐야 하는 사람들은 얼마나 막막할까. 요양 보험제도가 있다 해도 그것만으로는 감당이 안 되는 어려운 상황에 처한 사람들이 많을 것이다. 뇌졸중으로 쓰러진 아버지를 혼자 오랫동안 간병하던 청년이 아버지가 돌아가시는 걸 방치했다는 이유로 징역을 받은 사건만 봐도 그렇다. 정부는 저소득층의 과도한 의료비 부담을 줄여주기 위해 재난적 의료비를 지원하고 있다. 하지만 여기에 간병비는 포함되지 않는다. 가족이 아프면 누군가는 시간과 돈을 써 간병을 해야 한다는 말이다.

돌봄을 해야 하거나, 받아야 할 상황은 누구에게나 다가온다. 혼자 살든 자녀가 있든 이는 피할 수 있는 문제가 아니다. 나도 나이 들었을 때, 걱정 없이 돌봄을 받고 싶다. 그러나 아무리 스스로 준비한다 하더라도 해결할 수 없는 문제들은 반드시 존재한다. 이런 사회적인 문제는 개인과 사회가 함께 힘을 합쳐 방법을 찾아봐야 하지 않을까.

아직 남은
'엄마의 땅'이 있어 감사하다

복날이 되자 엄마는 나에게 순댓국을 주문해달라 하셨다. 경비원 아저씨들을 위해 엄마가 내는 한턱이었다.

옛날 사람인 엄마는 음식을 하고, 나눠 먹는 걸 좋아하신다. 우리 엄마의 음식 솜씨로 말할 것 같으면 잔칫집에 불려 다닐 정도였다. 엄마 음식 중에 특히 가장 맛있었던 건 김치. 젊을 땐 김치를 담가서 이웃들에게 자주 나눠주시곤 했는데, 일흔 중반을 넘기면서는 많이 줄었다. 그래도 지금까지 엄마가 음식 나눔을 빼먹지 않는 곳이 있다. 바로 아파트 경비실이다. 추석이나 설날 등 명절 그리고 몸보신이 필요한 날, 엄마는 꼭 경비원 아저씨들의 식사를 준비하신다.

원래는 집에서 손수 한 음식을 상에 차려서 내다 드리곤 했는데, 배달 담당인 난 솔직히 매년 치르는 이 일이 조금 성가셨다. 나의 궁시렁궁시렁 볼멘소리에도 이어지던 음식 대접이 배달 음식으로 바뀐 건 몇 년 전부터다. 명절을 집에서 보내지 않고 여행을 다니게 되면서 자연스럽게 기회가 줄어들기도 했고, 이삼 년 전 여름에 내가 너무 덥다고 하소연을 하며 타협안을 제시한 게 배달이었다.

그래서 올해 복날 메뉴는 순댓국. 경비원 아저씨들께 순댓국 한 그릇씩 대접한 엄마는 본인 몫의 순댓국은 다 드시지도 못하고 낮잠을 주무셨다. 자는 엄마를 보고 있자니 또 마음이 일렁거렸다. 저렇게 사람을 좋아하고 나눠 먹는 걸 좋아하는 엄마가 이제 만날 수 있는 친구도 별로 없고, 음식을 나눌 수 있는 사람도 손에 꼽을 정도니 그 마음이 어떠실까.

이제는 김치도 사서 먹는다. 끼니를 밀키트로 해결하기도 하고, 집 근처에 있는 반찬 가게에서 반찬을 사서 먹는 날도 많다. 다 맛이 좋기도 하고, 매끼를 해서 먹는 게 버거워진 탓이다. 딱 하나 엄마가 지금까지 놓지 않고 있는 게 있는데, 바로 동치미다.

엄마표 동치미는 그야말로 옛날 맛이다. 시원하고 새콤달콤해서 한 번 먹어본 사람은 꼭 다시 먹고 싶어 한다. 아래층 사는 아주머니는 남편이 너무 좋아한다면서 무를 사와 동치미를 담가달라고 부탁하기도 했다. 근처에 사는 친한 언니에게도 한 번 줬는데, 엄마 생각 나는 맛이라고 하면서 고마워했다. 그 말을 엄마에게 전해주자 엄마는 그 칭찬이 좋았던지 이후로도 동치미를 담그면 그 언니 것을 꼭 챙기곤 한다.

엄마의 김치를 다른 사람들이 좋아하는 걸 보면 나도 뿌듯하다. 그러나 엄마가 동치미 담그는 걸 옆에서 보면 그리 달갑지 않다. 이제는 무를 써는 것조차 위태로워 보여서 내가 도와드리는 경우가 많다. 하지 말라고 해도 엄마는 내 눈치를 보며 동치미를 담그시곤 한다. 그러고 나면 꼭 살짝 앓으시는데도 말이다.

힘에 부치는데도 그 일을 하는 이유는 그게 엄마에게 사는 재미이자 당신이 아직 쓸모 있는 존재라는 걸 인정받는 기쁨이 크기 때문일 것이다. 내가 더 강력하게 그만하시라고 말리지 않는 이유도 그 때문이다. 누군가를 기쁘게 하고, 누군가에게 한 끼를 대접하는 데서 느끼는 엄마의 뿌듯함을 내가 함부로 빼앗을 수는 없으니까.

나이 들어간다는 건 내 존재를 인정받으며 서 있는 '땅'이 점점 줄어드는 것 아닐까. 엄마를 보면서 그런 생각이 들었다. 오빠와 나 그리고 엄마의 이웃, 친구 들에게 엄마는 다정하고 사랑 많은 존재이지만, 그걸 드러낼 수 있는 범위는 점점 좁아지고 있다.

가끔은 자신의 땅을 잃어가는 것을 서글프게 느끼면서도, 엄마는 여전히 자신의 힘으로 만든 것들을 누군가와 나누고 싶어 한다. 그런 엄마를 보면 다른 사람들과 함께 어우러져 산다는 건, 동시에 내 땅을 잘 지킨다는 것이 아닐까 하는 생각이 든다. 타인과 관계를 맺고, 무언가를 주고 받으며 상호작용할 수 있는 그런 땅 말이다.

나이를 먹을수록 늙어가고 점점 아픈 곳이 늘어나는 몸 상태에 영 신경이 쓰인다. 그렇다고 그것에 연연하면서 소극적인 사람이 되긴 싫다. 더 나이 들기 전에 하고 싶은 것을 하고, 가고 싶은 곳에 가고, 만나고 싶은 사람을 만나고 싶다. 충분히 그럴 수 있을 것이라 생각했다. 그러나 팔십이 넘은 엄마를 보면, 또 오십이 넘은 내 삶의 반경과 관계의 폭이 점점 줄어드는 걸 보면, 쉽지 않은 일이라는 걸 체감한다.

그래도 엄마는 엄마가 갈 수 있는 곳에 가고, 만날 수 있는 사람을 만난다. 예전보다 제한이 있지만 오늘도 엄마가 할 수 있는 작은 일을 하고 계신다. 엄마를 보며 내가 만들어가고 있는 '내 땅'에 대해서도 다시 생각해본다. 인생에서 필요한 것을 이렇게 또 하나 배운다.

얼마 전 출근하려고 집을 나서는데, 대문 바깥쪽 문고리에 검은 봉지가 매달려 있었다. 들여다보니 생선 세 마리였다. 엄마에게 뭐냐고 물으니 청소하는 아주머니에게 주실 거란다. 친화력 좋은 엄마가 어느새 청소하시는 분과 친해져서 종종 생선이나 홍삼, 과일 같은 것을 나누고 계셨던 모양이다. 이렇게 세상에 '엄마의 땅'이 아직 남아 있어서 감사하다.

서로를 돌보는 관계

언젠가 축구선수 이천수 씨가 한 예능 프로그램에 출연해서 후배 백지훈 씨를 보고 이런 말을 했다.

"저렇게 잘 생겼는데 결혼을 안 했다니, 뭔가 문제가 있다."

그 말을 듣고 깜짝 놀랐다. 아직도 저런 말을 하는 사람이 있구나 싶어서. 또 저런 말을 거르지 않고 그대로 방송에 내보내서. 결혼해서 자식을 낳은 사람들만 '정상'으로 여기던 사회적 관념이 깨지고 있다는 것도 모르나 싶었다. 비혼 출산이 늘어나고 있는 것은 물론 한 여성이 비혼으로 두 아이를 입양해서 새로운 가정 형태를 개척하는 세상인데, 아직도 '결혼을 안 한 걸 보니 뭔가 문제가 있다'는 발언을 들어야 한다니.

우리 엄마도 예전에는 주변에서 "애들 결혼시켜야지"라는 걱정을 많이 들으셨다고 한다. 결혼하지 않은 내가 들어야 했던 수많은 부당한 말만큼 엄마도 그랬겠지. 물론 옛날 사람인 엄마는 자식들이 결혼하지 않은 것에 대해 분명 아쉬움을 가지고 있을 것이다. 그래도 오십이 넘고 나니 결혼하지 않은 딸과 둘이 사는 엄마를 보는 시선이 예전과 많이 바뀌었다는 걸 실감하고 있다.

비혼으로 나이 들면서 혼자인 늙은 엄마와 함께 산다는 것은 자꾸 작아지고 사그라드는 엄마를 마주해야 한다는 뜻이기도 하다. 그럼에도 불구하고 엄마가 본능적으로 '엄마'일 때가 있다. 바로 오빠와 내가 아플 때다.

작년, 오빠가 하필이면 집에 와 있을 때 코로나 확진 판정을 받았다. 엄마는 안방을 오빠에게 내어주고 일주일 동안 정성껏 오빠의 끼니를 챙겼다.

확진자와 함께 생활한다는 건 여간 힘든 일이 아니다. 삼시 세끼를 차려서 방에 넣어주고, 따로 설거지를 하고, 약을 받으러 다녀오거나 간식을 사와서 들여보내고, 수시로 집 소독을 해야 하는 등 신경 쓸 것이 한두 가지가 아니었다. 솔직히 나는 "왜 오빠가 사는 곳이 아닌 여기 와서 확진을 받았나" 하며 투덜거리곤 했다.

하지만 엄마는 달랐다. 아플수록 잘 먹어야 한다면서 반찬에 더 신경을 썼고, 평소엔 비싸다고 사지도 않는 딸기를 오빠가 좋아한다면서 몇 번이나 사서 방 안으로 들여보냈다. 어디 그뿐인가. 하루는 오빠의 기침 소리를 듣고는 갑자기 나가시더니 마트에서 큰 무를 하나 사오셨다. 뭘 하나 봤더니 숟가락으로 무 속을 파내고 계셨다.

"너희 어릴 때 이렇게 무 같은 거에 흑설탕 넣어서 먹이면 기침이 가라앉았어. 그게 왜 지금 생각났는지 몰라."

어릴 때 우리를 돌보던 쌩쌩한 엄마는 아니었지만, '내가 엄마다'라는 마음은 변함없었던 것이다. 기침과 가래가 가라앉지 않는 오빠를 위한 팔순 노모의 처방을 보며 엄마의 기억력에 감탄했다. 한편으론 '마스크 쓰는 것은 잘 까먹으면서 그 옛날 우리 어릴 때 먹인 처방 음식은 어찌 기억이 났을꼬' 했다.

오랜만에 오빠의 보호자 역할을 하는 엄마를 보면서 엄마가 이런 말을 하실 거라 예상했다.

"결혼했으면 이럴 때 챙겨주는 사람도 있고 얼마나 좋아?"

그런데 의외로 엄마는 그 비슷한 말조차 하지 않으셨고, 오히려 "그래도 내가 아직은 몸을 쓸 수 있어서 이렇게 챙겨줄 수 있으니 다행이야"라고 하셨다.

확실한 변화다. 엄마는 비혼 자녀를 향한 걱정은 졸업하고, 우리를 끝까지 보살필 수 있다는 것을 다행이라 여길 만큼 변했다.

나 역시 예전에는 결혼하지 않은 것이 큰 불효라는 생각에 마음이 아팠던 적도 있었다. 하지만 그 시기를 지나니, 나도 엄마에게 내가 받은 것을 갚을 수 있는 시간이 생겼다는 생각으로 바뀌었다.

엄마가 떠나고 난 뒤에 혼자 남겨질 나에 대한 걱정? 그건 엄마가 걱정할 바가 아니라고 말하고 싶다. 그 삶을 책임지는 건 내 몫이고, 그땐 또 다른 나의 인생이 있을 테니까. 결혼 안 해서 걱정이었던 딸이 이제는 자신을 돌보는 보호자로 함께 지내는 것이 든든하다면 그것으로 됐다. 그동안 내가 엄마에게 진 빚에 비하면 그 정도는 아무것도 아니기 때문이다.

사랑은 내리사랑이라고 했던가. 난 내리사랑을 할 자식이 없으니, 받은 사랑을 다시 엄마에게 돌려줄 수 있다. 그래서 참 다행이다.

6

늙어가는 모든 이들에게

81세면
돌아가실 나이라고요?

"81세면 경로당도 못 갈 나이, 돌아가실 나이. 정리해야 한다."

인천의 한 시의원이 한 학교 시설물 청소 노동자를 두고 한 말이라고 한다. "일하다가 죽으면 큰일…… 누가 책임지는 거냐"면서 시교육청에 '80세 이상 정리'를 요구했다고 한다. 기사를 읽다가 누군가에게 맞은 것처럼 가슴이 아팠다. 잘 일하다가 졸지에 정리 대상이 된 분의 나이와 우리 엄마의 나이가 비슷했기 때문이다.

여든하나. 오래 걷지 못하고, 몸도 맘대로 따라주지 않고, 모든 행동이 느려질 수밖에 없어서 허점이 생기는 나이다. 누구보다 몸이 빠르고 부지런했던 엄마도 세월을 비켜갈 순 없어서, 이제 집안일도 힘든 일은 내가 해야 하는 경우가 많아졌다. 그래서 엄마와 비슷한 나이대의 분이 청소 노동을 한다는 사실에 솔직히 놀랐다.

그분이 청소 일을 하는 건 아마 두 가지 이유 중 하나일 것이다. 일을 할 수밖에 없는 형편이거나 집에 가만히 있는 것보다는 무슨 일이든 하고 싶었거나. 어느 쪽이든 복지 차원에서 접근하고 해법을 고려해야 하는 것이 나랏밥을 먹는 사람들의 일이다. 시의원의 '정리하라'는 말이 무책임하게 들리는 이유다.

팔십이 넘은 사람은 경로당도 못 가고, 돌아가실 일만 남았으니 그 누구의 부담도 되지 않도록 그냥 집에서 산송장처럼 있으라는 이야기인가. 노인은 자신의 쓸모와 존재 이유를 증명할 방법이 많지 않다. 개인이 힘들여 증명하지 않아도 하고 싶은 일이 있다면 언제든 할 수 있도록 적극적으로 도와주는 사회가 되어야 하지 않을까.

"이제 쓸모도 없는 노인네."

엄마가 자신이 할 수 없는 일에 부딪힐 때마다 농담

처럼 하는 말이다. 새로 사온 간장 뚜껑을 못 딴다든지, 핸드폰 벨소리를 못 듣는다든지, 또 전에는 너끈히 했던 집안일을 못 하게 된 것처럼 이제 엄마의 힘에 부치는 일이 수두룩하다.

나는 아직 몸이 멀쩡하기 때문에 할 수 있는 일이 줄어드는 박탈감을 다 이해할 순 없다. 효용성을 중요시하는 이 사회에서 할 수 있는 일이 점점 줄어든다는 건 어떤 느낌일까. 게다가 공식 석상에서 저런 말을 듣는 대상이 된다면 말이다.

그래서 나는 아직 엄마가 할 수 있는 일이 남아 있고, 엄마는 사회에 도움이 되는 존재라는 걸 끊임없이 말해준다. 일부러 집안일도 나눠서 한다. 그냥 가만히 계시는 게 도와주는 것일 때도 있고, 내가 하면 더 빨리할 수 있지만, 그래도 엄마 몫의 일을 남겨둔다.

내가 아침을 차리면 엄마가 설거지를 하고, 엄마가 점심을 차리면 내가 설거지를 한다. 내가 청소를 하면 엄마는 화분에 물을 준다. 쓰레기를 분리수거해서 끌대에 모아서 묶어두는 건 내 몫이고, 분리수거하는 곳까지 갖고 가서 버리는 건 엄마가 한다.

이처럼 자질구레한 청소는 각자가 하지만, 집 전체를 청소하는 것은 일주일에 한 번 청소매니저님의 도움을 받고 있다. 우리 둘 다 무릎이 좋지 않기 때문에 이 부분은 합의를 봤다. 다행히 청소매니저님이 좋은 분이어서 엄마의 말동무가 되어주기도 하고, 엄마의 다리를 안마해주기도 하셔서 우리로서는 집이 청소되는 것 외에도 얻는 게 많다.

물론 이렇게 집안일을 합의하에 분담하고 있지만, 어느 날 엄마가 신세 한탄을 하거나 우울해하거나 투덜거리실 때는 엄마의 몸이 안 좋다는 신호이므로 알아서 기어야(?) 한다.

예전에 티브이를 보다가 노인에게 "그냥 가만히 계시라"라고 자식이 말하자, 그 노인이 진짜 아무 일 안 하고 가만히 있으면 빨리 늙는다고 말씀하시는 것을 본 적이 있다. 그렇지 않아도 가만히 있어야 하는 시간이 넘쳐나는 노인에게 소소한 일마저 하지 말라고 하면 노인들은 그 많은 시간을 무엇을 하며 보내야 하나.

물론 노인을 고용했다가 사고가 나면 책임지기 싫은

마음도 이해는 간다. 하지만 사회에서조차 노인을 골치 아픈 존재로 취급하는 것은 왠지 마음이 씁쓸하다.

2022년 경기연구원에서 노인 500명을 대상으로 설문조사를 한 결과에 따르면, 전국 60세 이상 노인 노동자의 97.6퍼센트가 계속 일하기를 원한다고 한다. 계속 일하고 싶은 이유로 46.3퍼센트는 '건강이 허락하는 한 일하고 싶어서', 38.1퍼센트는 '돈이 필요해서'를 꼽았다. 특히 주목할 부분은 전체 응답자 중 63퍼센트가 은퇴 전과 비교했을 때 자신의 현재 주관적 생산성이 같거나 높아졌다고 응답했다는 부분이다.

나도 지금 일하는 곳에서 가급적 육십 넘어까지 일하고 싶다고 생각하고 있다. 사실 더 할 수 있다면, 더 하고 싶다. 설문조사를 한 노인들과 똑같은 이유다. 건강이 허락하는 한 일하고 싶고, 돈도 필요하니까.

하지만 칠십까지 일하는 노인도 많지 않은 마당에, 팔십이 넘은 노인들은 오죽하겠는가. 이번에 팔순이 된 엄마 친구분은 아침마다 거리 청소하는 일을 하게 되었다고 좋아하셨다. 그 작은 일을 하며 한 달에 삼십만 원을 받으시는데, 얼마나 감사해하며 하시는지 모른다. 그분도 자식이 있고 형편이 궁핍하지도 않지만, 그 정도의 일은 할 수 있을 만큼 건강하고, 또 본인 용돈 정도는 벌 수 있으니 즐거운 마음으로 하시는 거다.

언젠가 〈유퀴즈 온 더 블록〉에 배우 김혜자 씨가 출연해서 두 가지의 상반되는 이야기를 했다.

엠시인 유재석 씨가 김혜자 씨에게 고민이 무엇인지 물었다. 김혜자 씨는 "나를 잘 끝마치고 싶다. 어떻게 하는 게 내가 막을 잘 닫는 건가, 그런 생각 열심히 한다"라고 답했다.

아무래도 외우는 게 그전 같지 않기 때문에 예전에는 열 번만에 외웠으면 지금은 스무 번, 서른 번을 해야 한다고 한다. 이렇게 해도 대사를 외우지 못하게 될 때가 바로 배우를 그만둬야 할 때라고 했다.

"그게 제일 두렵다. 기억력이 없어지면 그만둬야 하는데, 언제 올까, 그 순간이. 팔십이 넘으니까 그게 제일 두렵다."

김혜자 씨는 대배우여서 아직까지 대접받으면서 일할 수 있는데도, 그분 역시 나이 앞에서는 두렵다고 말한 것이다.

그러면서도 김혜자 씨는 "'(내게) 앞으로 무슨 역이 주어질까?' 그 생각만 해도 설렌다"라고 하면서 연기에 대한 열정을 보여주었다.

자신의 정신적, 육체적 한계가 오고 있다는 걸 체감하고, 그러다 이르게 될 끝을 생각하면 두려우면서도 여전히 일을 생각하면 설레는 마음. 이것이야말로 숭고한 마음 아닌가. 그러니 무언가 하고 싶어 하는 노인들을 적어도 골치 아픈 존재로 취급하지 않으면 좋겠다.

물론 내가 세상에 쓸모 있는 존재임을 꼭 입증하지 않아도 괜찮다. 그렇지만 사회 전체가 효용 가치를 운운하는 분위기 속에서는 아무래도 나의 존재 가치를 스스로 찾지 못하면 소외감을 느끼기 쉽다. 나 역시 해고당해서 백수로 지낼 때, 가장 힘들었던 게 내가 사회적으로 쓸모 없는 사람으로 추락했다는 느낌이었다. 우리 사회에서는 멈춰 있으면, 그건 곧 실패를 의미하는 것이므로.

우리는 왜 사회적으로 자신의 쓸모를 증명해야만 할까. 그 쓸모를 입증하는 기준은 무엇일까. 그리고 그 기준은 누가 정한 걸까. 장애인들, 노인들, 어린이들……. '정리해야 한다'는 말이 누군가의 도움과 보살핌이 필요한 존재들은 나다니지 말고 가만히 있으라는 것 같아서 마음이 어지럽다. 이 세상에 당연한 것은 없다. 우리는 누구나 당연하던 것이 당연하지 않게 되는 때를 맞이한다.

노인에게
정말 필요한 것은

얼마 전, 훈훈한 이야기를 SNS에서 봤다. 직장 동료의 아이가 종종 SNS 라이브 방송(이하 '라방')을 켜서 퀴즈를 내는데, 하루는 접속자가 없어서 실망한 나머지 울음을 터트렸다고 한다. 아이가 마음을 추스르고 용기를 내서 다시 라방을 하기로 했다는 소식을 들은 아이 엄마의 직장 동료들은 아이가 라방을 예고한 시간에 맞춰 접속을 하기로 했다. 그 결과 처음에는 열 다섯 명이 접속을 했고 시간이 지날수록 참여하는 인원이 늘었다는, 그런 이야기였다.

어린아이 한 명을 실망시키지 않기 위해 일부러 시

간을 내서 라방에 참여하고, 함께 소소한 재미를 나누는 어른들. 그 풍경을 상상만 해도 너무 따뜻해서 미소가 저절로 나왔다.

엄마가 자주 가는 단골 약국이 있다. 우리가 다니는 병원 건물 지하 일 층에 있는 약국인데 맞은편에도 약국이 있다. 병원에서 엘리베이터를 타고 내려오면 으레 손님이 없는 쪽으로 가곤 했는데, 코로나가 한창이던 어느 날 그 약국에 사람이 없어서 들어가니 주인이 바뀌어 있었다. 그러고 보니 약국 이름도 달라져 있었다.

보통 약국에 가면 약사가 사무적인 태도로 말해주는 약 복용 방법만 듣고 오곤 했다. 그런데 이 약사는 "갑상선이 안 좋으시군요?"라며, 그러면 자주 피곤해지니 잘 쉬어줘야 한다는 말과 함께 약 복용법을 친절하게 설명해주었다.

친절이 과했으면 좀 불편했을 텐데 적당해서 좋았다. 몸이 아픈 사람들에게 위로가 되는, 딱 그 정도의 친절함이었다. 좋은 곳은 널리 퍼트려야 하는 법. 집에 가서 엄마에게 그 약국을 소개했다. 얼마 뒤, 또 약국에 갔는데 약사가 내 처방전을 확인하자마자 반가워했다.

"어, 신연재 님이시구나. 어머님이 어제 다녀가셨어요. 따님이 소개해서 왔다고 하시더라구요."

내향인인 나는 이럴 때 좀 어색하다. 그래서 그냥 "네" 하고 대답하니 명랑한 톤으로 "좋게 이야기해주셔서 감사합니다" 하며 인사를 한다.

코로나 백신을 맞기 전날에도 그 약국에 약을 사러 갔다. 백신 맞기가 좀 무섭다고 하니 증상에 대해 친절하게 설명해주고, 자신도 백신을 맞고 앓았다는 이야기를 살짝 해주었다. 그래도 괜찮을 거라면서 약 성분을 자세히 이야기해주는데 왠지 안심이 되었다.

여기저기 아픈 데가 많아 병원에 자주 다니시는 엄마는 당연히 그 약국의 단골이 되었다. 약국에 다녀오신 날에는 나에게 약사와 나눈 이야기를 해주시곤 했다. 오랜만에 약국에 가니 나를 잘 못 알아보던 약사는 처방전을 보고 나서야 "아, ○○님 따님이시구나" 하면서 반가워했다. 내가 엄마에게 소개했는데, 어느새 인지도 면에서 엄마에게 밀린 셈이다.

나이가 들면 들수록 일상이 심심하다. 나만 해도 이

십, 삼십 대에는 집에 붙어 있는 날이 없었는데 사십 대 때부터 약속이 점점 줄어들더니 오십 대에 들어서자 사람을 만나지 않아 심심함을 느끼는 지경에 이르렀다. '내 사전에 심심함이라니!' 하면서 생활의 변화에 놀라기도 하지만, 만나는 사람도, 갈 수 있는 곳도 줄어드니 어쩌면 당연한 일이다.

나도 이러한데 팔십이 넘은 엄마는 얼마나 심심할까. 코로나가 한창일 때는 어디 자유롭게 나가지도 못하고, 그나마 만나던 친구들도 못 만나서 더 그랬을 것이다.

그러다 만난 친절한 약사는 엄마의 지루한 일상에 반짝이는 재미를 주었다. 자신을 알아봐주고, 먼저 말을 걸어주고, 약을 건네며 소소한 일상을 묻는 잠깐의 관심이 엄마에게는 기분 좋은 사건이었던 것이다.

점점 만날 사람도, 말할 사람도, 말을 거는 사람도 줄어드는 엄마를 보면서, 또 작은 시간을 내서 자신에게 친절하게 대하는 약사에게 감동하는 엄마를 보면서 나도 가끔씩 만나는 어르신들에게 친절해지게 되었다.

예전에는 어르신이 말을 붙이면 용건만 딱 말하곤

했는데, 이제는 맞장구를 쳐주기도 하고, 길을 물어보면 가까운 거리일 때는 모셔다드리기도 한다. 나이 든 엄마의 무료함과 심심함을 알게 되면서, 또 나도 나이 들어가면서 자연스럽게 생긴 변화다.

세상은 노인에게 친절하지 않다. 노인들은 어디에서나 사회적으로 불친절한 대우를 받는 경우가 많다. 키오스크가 그 예다. 얼마 전 프랜차이즈 햄버거 가게에서 키오스크로 주문할 줄 모르는 노인들이 머뭇대다 결국 그냥 나간다는 내용의 기사를 봤다. 키오스크는 터치만으로 주문과 결제가 가능하다는 장점도 있지만, 디지털 기기 이용에 익숙하지 않은 노인들은 화면 터치부터 난관이다. 오십 대인 나도 키오스크 앞에 서면 긴장이 되는데, 하물며 노인들은 얼마나 두려울까.

> 시대에 뒤처졌다는 의식, 그렇다고 시대를 부정하는 방어적 태도로 굳어질 수도 없는 의식은 고통스럽기 짝이 없다. 몸의 만성적 아픔과 견주어도 될 지경이다. 시간의 흐름은 늙어가는 사람에게 불친절해진다.*

어제도 엄마는 약국에 다녀오셨다. 내가 사오겠다고 하는데도 굳이 당신이 가겠다고 하시는 걸 보니 그 약국에 가고 싶은 눈치였다. 아니나 다를까. 퇴근하고 집에 오니 엄마가 신이 나서 말한다.

"그 약국 대박 났나 봐. 사람이 너무 많아. 그래서 약사가 나한테 '오늘은 어머니하고 이야기도 오래 못 나누네요' 하더라고."

엄마가 약사와 오래 수다를 떨지 못한 건 아쉽지만, 약국이 잘된다는 소식은 반가웠다. 그 약사의 친절이 동네방네 소문이 났겠지. 노인에게 친절한 곳이여, 복 있을지어다!

몸의 만성적인 아픔과 비슷한 정도의 고통을 줄이는 방법에는 타인의 친절한 마음도 있는 것 같다. 라방을 켠 아이를 실망시키지 않기 위해 자신의 시간을 내어준 어른들의 작은 마음 같은 것 말이다.

뜨거운 젊은 날은 가고
남은 건 볼품없지만

옛날에 엄마는 흰머리를 뽑아주면 용돈을 준다고 했다. 흰머리가 막 나기 시작했을 무렵이니 아마도 엄마는 사십 대, 나는 초등학생이었던 것 같다. 작은 족집게로 엄마의 검은 머릿속 흰머리를 찾는 일은 어려운 일이 아니었다. 엄마가 누우면 머리맡으로 가서 머리를 손으로 솎다가 흰머리 한 가닥을 찾으면 정신을 집중해서 훅 뽑아냈다. 자칫하다가 검은 머리를 함께 뽑은 적도 종종 있다. 그때는 용돈을 준다니까 뽑긴 뽑았지만, 어린 나이에 숨어 있는 흰머리는 그냥 내버려둬도 좋으련만 왜 그렇게까지 뽑으려 하는 건지 잘 이해가 되지 않았다.

머리가 굵어지고는 얼굴은 쭈글쭈글 할머니인데 머리만 까맣게 염색하는 노인들을 보면서 비슷한 생각을 했다. 어차피 얼굴이 나이를 말해주는데 머리만 까만색인 게 부자연스러웠기 때문이다. 그냥 본인 나이답게 자연스러운 하얀 머리로 살면 안 되는 건지. 그런 생각을 하던 차에 엄마의 머리가 눈에 들어왔다. 이제 흰머리보다 검은 머리를 찾기 어려울 정도로 나이가 든 엄마도 어느 날부턴가 까맣게 염색을 하고 있었다.

하루는 엄마에게 물었다. 그냥 자연스럽게 흰머리로 두면 더 낫고, 염색을 매번 하러 가지 않아도 되니 경제적이지 않냐고. 그랬더니 엄마의 답은 간단했다.

“얼굴도 쭈글쭈글한데 머리까지 하얗게 다니면 추레해 보여서 보기 싫어.”

할머니니까 머리가 하얀 건데, 그게 왜 싫은 건지. 엄마의 말이 이해가 가지 않았다. 본인이 보기 싫다니 그냥 존중하는 수밖에.

그랬던 나도 이제는 당연하게 염색을 하고, 심지어 그 주기가 점점 빨라지고 있다. 예전에는 한 달 반 간격으로 새치를 가리는 뿌리 염색을 하곤 했는데 이제 삼 주만 지나도 지나치지 못하는 상태가 된다.

그래도 한 달을 채우려고 나중에는 모자를 쓰고 일터에 출근하기도 하지만, 영 불편하다. 옛날보다 머리카락이 하얘지는 속도가 빨라지는 것 같다고 미용실 원장님께 말했더니, 새치가 많아지기 때문이라는 답이 돌아왔다. 흰머리도 잘 어울리는 사람이면 좋겠는데 그도 아니고, 매달 뿌리 염색을 해야 하는 건 매우 귀찮은 일이라 그때마다 조금씩 서글퍼진다.

사실 나만 신경 쓰이지 다른 사람들은 그렇게까지 신경 쓰지 않는다고는 하지만, 그래도 아직은 머리를 흰머리 그대로 두기란 어렵다. 추레해 보이기 싫어서.

문득 흰머리를 굳이 염색하던 엄마가 생각났다. 엄마가 하던 말을 그대로 내가 하고 있었다. 할머니니까 하얀 머리인 게 자연스러운 건데 굳이 까맣게 염색을 하는 엄마의 심정이, 내가 염색을 해야 하는 나이에 이르니 비로소 헤아려진 것이다.

자연스럽게 하얀 머리로 다니면 좋지 않겠냐는, 엄마에게 호기롭게 했던 말이 나에게 오니 그 말을 밀쳐내고 싶었다. 그제야 엄마의 머리를 다시 보았다. 엄마의 어깨를 주물러 드리며 보니 머리가 많이 빠져서 휑했다. 엄마의 탈모는 아버지가 돌아가신 이십여 년 전부터 시작되었다. 갑작스럽게 남편을 잃고 엄마는 마음을 쉽사리 잡지 못하셨다. 그래서 머리에 신경 쓸 여유가 없었고, 정신을 차리고 보니 머리가 휑해져 있었다고 한다.

어느 날은 엄마 화장대 위에서 시커먼 머리카락 다발을 발견하고 깜짝 놀랐다. 부분 가발이었다. 그 순간 엄마가 내 생각보다 휑해진 머리에 훨씬 더 많이 신경 쓰고 있다는 걸 알았다. 무심한 딸 같으니.

엄마에게 탈모 치료를 권했지만, 늙은이가 그런 걸 받아서 뭐하냐고 한사코 거절하셨다. 하는 수 없이 집에서 사용하는 탈모 치료기와 탈모 샴푸를 사드렸지만, 엄마의 머리는 다시 풍성한 머리로 돌아오지 않았다. 가발도 어색하셨는지 몇 번 써 보시더니 얼마 안 있다가 쓰레기통에서 발견됐다. 휑한 머리를 조금 남은 머리로라도 가리고 싶었기 때문에 엄마는 동네 미용실을 다니며 염색을 하시는 것이 아닐까. 그런 생각이 들자 엄마의 마음이 찌르르, 전기처럼 나에게 전해졌다.

엄마의 염색을 이해할 즈음, 엄마의 통증도 나에게 왔다. 완경기를 겪으며 몸의 구석구석이 괜히 아프기 시작했다. 특히 허리와 고관절 통증이 심해졌다. 엄마와 둘이 사는 상황이니 통증을 호소할 곳은 엄마뿐이었다. 결국 자구책으로 엄마에게 안마를 제안했다. 저녁 여덟 시 오십 분, 순전히 내 몸이 아파서 시작한 안마 타임이었다.

"엄마, 엎드려. 내가 밟아줄게."

엄마의 허리, 다리, 발바닥까지 잘근잘근 밟아주고 나면, 엄마를 앉으시라 하고 어깨와 머리를 주물러 드린다. 그다음엔 내 몸을 엄마에게 맡긴다. 엄마의 다리 힘이 신통치 않아도 안 한 것보다는 한결 나았다.

"내 몸도 이렇게 아픈데, 엄마는 얼마나 아프겠수?"

엄마에게 안마를 받으면서 튀어나온 말이다. 서로 안마 품앗이를 하는 지경에 이르러서야 엄마의 몸에 담긴 통증이 제대로 헤아려진 것이다.

한동안 자기 전 루틴처럼 이어지던 안마 품앗이는 더 이상 하지 않는다. 다리에 힘이 없어진 엄마가 내 몸을 밟아주다가 무릎에 통증이 생겨버렸기 때문이다. 이제는 내가 엄마의 전용 안마사로 남았을 뿐이다.

옛날 흰머리를 뽑아달라며 내 앞에 누웠던 엄마는 이제 더 작은 몸이 되어 내 앞에 눕는다. 같이 늙어가는 엄마와 딸은 서로 아프다면서 짜증을 내기도 하고, 서로를 안쓰러워하며 돌봐주기도 한다. 기억력도 떨어져서 자꾸 "그 왜, 저기 있잖아" "그거 뭐냐"라는 정체를 알 수 없는 말을 하다가 웃음이 터지기도 한다.

내가 겪어봐야 알게 되는 세상이 있다. 겪지 않아도 알 수 있으면 더 좋겠지만, 늙음이란 더더욱 겪어보지 않고는 알 수 없다는 걸 오십을 넘기며 깨달았다.

엄마의 탈모, 엄마의 흰머리, 엄마의 염색, 엄마의 통증 그리고 엄마의 약들…….

이미 많이 붕괴된 엄마의 몸과 조용히 붕괴되고 있는 나의 몸. 나이 들며 자연스레 오는 것들이 공평하게 나에게도 오고 있다.

가수 잔나비의 노래 〈뜨거운 여름밤은 가고 남은 건 볼품없지만〉처럼, 뜨겁고 화려했던 젊은 날은 가고 이제 남은 건 볼품없는 몸뿐이라고, 이제는 쓸모도 없는 노인네라고 자조하는 엄마에게서 내 미래를 보기도 한다. 몸이 완전히 붕괴될 때까지는 사랑하는 사람들과 정을 나누고, 쓸모 있는 사람이고 싶다는 마음은 너무 욕심일까. 적어도 늙는 것이 죄가 되고 짐이 되진 않았으면 좋겠는데.

아직 쓰고 싶은 글도 많고, 육아를 마치고 자유로워진 친구들과 놀러 다니고도 싶고, 유기견들을 돕고 싶고, 엄마의 남은 생애를 행복하게 채워드리고 싶은데 시간이 너무 빨리 흐른다.

아무나 붙들고 사정하고 싶을 만큼 붕괴의 시간은 째깍째깍 바쁘게 지나가고 있다. 어느새 벌써 염색할 날도 돌아왔다.

팔십 대에게도, 오십 대에게도
꼭 필요한 보험, 친구

사 년 전쯤, 태어나서 처음으로 돈 때문에 잠을 못 잤다. 돈이 없어 본 적은 많아서 웬만하면 넘기는 편인데, 이번에는 달랐다. 잘살아보겠다고 벌인 일이 여러 문제가 겹쳐 꼬여버린 것이다. 수습하는 데 필요한 돈의 규모가 내가 해결할 수 있는 선을 넘어설 만큼 커지고 말았다.

가족들에게 상황을 설명하니 엄마와 오빠는 집을 팔고 전세로 살자고 했다. 하지만 엄마가 오랜 시간 한두 푼씩 모아서 산 아파트를 나의 과오로 팔아야 한다는 게 괴로워서 또 잠을 못 이루었다.

똥줄이 바싹바싹 타고 있던 어느 날, 고등학교 동창

인 절친 A에게서 만나자는 전화가 왔다. 만나서 이런저런 안부를 나누던 중, A는 뭔가 이상했던지 무슨 일이 있느냐고 물었다.

살면서 지인들에게 한 번도 돈 이야기를 한 적이 없던 터라 잠깐 망설여졌다. 하지만 내 실수와 현재 상황을 다 털어놔도 나를 이상하게 보지 않을 거라는 믿음이 있는 친구였기에 그간 있었던 일을 다 쏟아냈다. 참았던 눈물도 같이 쏟아졌다. 내 이야기를 가만히 듣고 있던 A가 조용히 내게 말했다.

"연재야, 살다 보면 나 혼자 해결할 수 없는 일도 생기더라. 그럴 땐 옆에 있는 사람한테 도움을 청해도 되는 거야."

그러면서 마침 며칠 전 들어온 돈이 있으니 빌려주겠다고 했다. 원래 친구들과는 돈거래를 절대 하지 않기도 했고, A에게 돈을 빌릴 생각은 전혀 하지 못했던 터라 깜짝 놀랐다. 마법처럼 강 같은 평화가 내게 찾아온 것이다. 결국은 A 덕분에 급한 불을 껐고, 일은 잘 해결되었으며, 빌린 돈도 잘 갚았다.

나중에 A한테 들으니 나에게 흔쾌히 돈을 빌려준 가

장 큰 이유는 우리 엄마 때문이었단다. 고등학교 때부터 서로의 집을 오간 사이여서, A는 우리 엄마와 지금도 가끔 통화를 하곤 한다. 그런 엄마의 집을 팔아야 한다고 하니 그것만큼은 지켜주고 싶었다고 했다.

"너 때문에 빌려준 거 아니야."

그렇게 말하긴 했지만, 난 평생 그 순간을 잊지 못할 것 같다.

치매에 걸린 친정 엄마를 일주일에 한 번씩 보러 가는 A는 자기 집에 갈 때마다 우리 집에 들르곤 한다. "커피나 한잔하자" 하면서. 난 그 신호를 잘 안다. A도 위로가 필요한 거다. 별말 하지 않아도 서로를 알고, 언제나 내 편이 되어줄 수 있는 친구. A는 나에게 가장 소중한 재산이다.

친구가 중요한 건 엄마도 마찬가지다. 내가 아무리 잘해드려도 친구가 채워줄 수 있는 부분은 분명 따로 있다. 아빠가 돌아가셨을 때, 엄마가 갑상선 암 수술을 받았을 때, 우리 집이 이사를 했을 때, 엄마가 아프실 때…….
엄마의 친구들은 항상 엄마 옆에 있었다.

지난번 내가 책을 냈을 때도 엄마 친구들이 책을 사겠다며 발 벗고 나서주기도 했다. 심지어 그 책이 그분들의 삶과 아무런 연관이 없는, 비혼에 관한 삶을 이야기하는 책(『혼자 살면 어때요? 좋으면 그만이지』)이었는데도 말이다. 손주까지 다 본 어르신들이 다섯 권, 열 권씩 사겠다는 걸 겨우겨우 말릴 정도였다.

서로의 가족을 알고, 좋고 나쁜 일을 서로 나누던 친구들. 슬프게도 엄마는 그런 친구들을 만나는 횟수가 점점 줄고 있다. 늙는다는 건 어쩌면 친구를 잃어간다는 것 아닐까 하는 생각마저 든다. 이제 다들 여든이 넘으셨다 보니 허리와 무릎이 안 좋은 분들이 많고, 다 먼 곳에 사셔서 한 번 만나려면 정말 큰 마음을 먹어야만 한다.

그나마 엄마가 동네 친구들과 가끔씩 만나서 소소한 수다를 나눌 수 있어서 다행이다. 그런 날은 엄마의 기분이 좋아진다. 그리고 묻지 않았는데도 무슨 이야기를 나누었는지 나에게 전하느라 바쁘다. 그럴때는 같이 맞장구를 쳐준다. 엄마의 흥이 더 오래 갔으면 좋겠어서.

"오늘 ○○ 엄마한테 전화 왔었어."

며칠 전, 퇴근하고 들어가니 엄마가 오랜만에 오래된 친구들의 소식을 전했다. 한 친구분은 새벽 미사를 가다가 넘어져서 계속 집에서 꼼짝 못 하고 계셨단다. 다른 한 분은 딸과 함께 속초로 한 달 살기를 떠났다가 이제 서울 집으로 오신다고 했다. 십일월에 다 같이 한 번 보기로 했다고 말하는 엄마의 목소리에는 설렘과 기분 좋은 들뜸이 묻어 있었다.

나이 들수록 필요한 건, 돈이다. 하지만 돈만큼 중요한 게 바로 친구다. 우리 엄마를 봐도 그렇고, 나도 나이가 들어갈수록 삶에서 친구가 차지하는 비중이 점점 커진다. 길동무가 좋으면 먼 길도 가깝다고 했던가.

백 세 시대라고들 한다. 그러나 내가 일할 수 있는 시간은 얼마 남지 않았고, 긴긴 남은 생을 함께할 동반자는 꼭 필요하다. 가족이 그러한 역할을 해준다면 가장 좋겠지만, 사실 가족으로 해결이 안 되는 경우가 얼마나 많은가. 각자도생해야 하는 팍팍한 현실 속에서 우리는 서로의 말을 듣고, 소소한 일상을 나누고, 서로에게 관심을 기울이고 걱정과 즐거움을 공유하며, 현재의 시간을 함께 즐길 수 있는 친구가 필요하다.

미국 테일러 대학교의 총장이었던 제이 케슬러는 자신의 소원 중 하나로 자신이 죽었을 때 만사를 제쳐두고 장례식에 참석해줄 친구를 적어도 여덟 명은 갖는 것이라고 말했다고 한다. 젊을 땐 그렇게 많던 친구들이 어느 순간 하나둘씩 연기처럼 사라졌다고. 나도 누군가에게서 그렇게 사라졌을 것이다. 죽을 때까지 함께할 수 있는 친구를 여덟 명 갖는 것이 얼마나 어려운 일인지 엄마를 지켜보며, 또 오십을 넘으며 실감한다.

이런 친구는 거저 생기지 않는다. 여덟 명까지는 모르겠지만, 나의 중년과 노년을 함께할 좋은 친구들을 언제나 곁에 두고 싶다. 그래서 지금 내 곁에 남아 있는 사람들이 소중하다. 그들에게 시간과 돈, 마음, 정성을 더 기울여야지. 그들은 나의 가장 든든한 보험이 될 것이다. 그리고 이 말은, 나도 그 친구들에게 보험이 되겠다는 다짐이기도 하다.

슬기로운 노후 생활을 위해
현실적으로 필요한 것들

얼마 전 퇴근하는 길이었다. 앞에서 마주 걸어오던 할머니 한 분이 발을 헛디디는가 싶더니 맥없이 넘어지는 게 보였다. 내가 급하게 다가가는 동안 할머니는 일어서려다 주저앉기를 반복하셨다. 할머니를 붙잡고 일으키려 했지만 좀처럼 일어나지 못하셨다. 조금 무안하셨는지 할머니는 내가 묻지도 않았는데 이런 말을 하셨다.

"나 혼자 병원 가는 길인데 병원 가는 일이 이리 힘드네요."

할머니가 가려고 하는 곳은 근처에 있는 대형 병원이었다. 시간은 오후 일곱 시를 넘어서고 있었다. 잠시 할머니를 쉬게 한 뒤 붙잡아드리니 그제야 간신히 일어나셨다. 병원까지 같이 가드리겠다고 하자 할머니는 "아니에요. 나 혼자 갈 수 있어요. 바쁜데 이렇게 도와준 것만 해도 고마워요" 하며 한사코 거절하셨다. 할 수 없이 할머니가 잘 가시는지 한참을 뒤에서 지켜보았는데, 그 모습이 어쩐지 우리 엄마 같아서 발걸음이 떨어지질 않았다.

집으로 오는 길, 여러 가지 생각이 머리를 스쳤다.

'할머니는 왜 이 시간에 혼자 병원에 가시는 걸까? 같이 갈 사람은 없는 걸까?'

할머니가 염려되는 것과 동시에 내 미래에 대한 불안이 급습했다.

삼 년 전. 그해를 한마디로 정의할 수 있다. 내 몸이 무너진 해. 오십여 년을 살면서 그때처럼 아팠던 적이 없다. 설날이 지나자마자 운동기구에 걸려 넘어진 게 시작이었다. 뼈에 실금이 갈 정도로 호되게 넘어져서 계속 욱신대는 통증을 달고 삼 개월을 지냈다. 그동안 얼마나 많은 소염제와 진통제를 입에 욱여넣었는지 모른다.

그다음에는 이명, 그다음에는 식도염, 그다음에는 무릎에 물이 차서, 그다음에는 허리가 아파서……. 이어달리기하듯 병원을 드나들었고, 약도 끊임없이 먹었다. 몸에 약이 너무 많이 들어가서 약에 질식해 죽을 것만 같았다.

내가 하도 아프니까 엄마는 차마 당신도 아프다는 말을 못 하고 삼키셨다. 정말이지 내 몸에 삼재가 든 것 같았던 해였다. 그때를 떠올리니 미래에 더 나이 들었을 때 펼쳐질 '현실'이 구체적으로 그려졌고, 길에서 넘어진 할머니를 보며 그 현실은 더 생생하게 다가왔다.

안전한 노후를 위해서 현실적으로 필요한 것들이 있다. 첫 번째는 돈과 보험이다. 병원을 다녀본 사람이라면 병원에 돈이 얼마나 많이 드는지 다 알 것이다. 기본 진료비 외에 검사라도 하나 하면 오만 원이 훌쩍 넘는다. 올해 엄청난 돈을 병원에 뿌리면서, 나이 들어서 수입이 없다면 이 많은 병원비를 어떻게 감당할까 싶었다.

그러니 병원비로 쓸 돈이나 실손 보험은 꼭 필요하다. 나는 지병이 있어서 실손 보험을 들 수 없었기 때문에 혼자 사는 나로서는(앞으로는 혼자 사는 여부와 상관없겠지만) 간병 보험이 필수겠다 싶어 일찌감치 들어두었는데, 지금 생각해도 잘한 일이다 싶다.

두 번째로 필요한 건 동행인이다. 이 또한 엄마가 병원에 가실 때 함께 가면서 깨닫게 된 현실이다. 물론 영양제 주사를 맞거나 정형외과에 가셔서 물리치료를 받는 것처럼 간단한 진료는 엄마 혼자 가신다. 하지만 의사에게 설명을 들어야 하거나, 대형 병원에 가야 할 때는 내 스케줄을 조정해서라도 함께 간다. 대형 병원은 수납이나 접수를 키오스크로 하는 경우도 많고, 담당 의사의 설명을 엄마가 다 이해하지 못할 때도 종종 있기 때문이다.

내 보호자였다가 어느새 보호받는 위치가 된 엄마는 내가 병원을 들락거리는 게 안쓰러워 보였는지 병원에 간다고 하면 가끔 이런 말을 한다.

"내가 같이 가줄까?"

그 말이 끝나기가 무섭게 나는 "환자가 환자를 데리고 가요? 아서요. 엄마가 집에 계시는 게 나 도와주는 거예요" 하며 얼른 나와버린다. 이제 엄마가 보호자로서 나를 데리고 가는 건 어쩐지 어색해진 탓이다.

나는 그동안 혼자서 씩씩하게 잘 살아왔다. 여행도 혼자 잘 다녔고, 병원도 혼자 잘 다닌다. 혼밥도 잘한다.

하지만 지금은 혼자 잘 해낼 수 있다 해도, 이 일들을 '혼자' 할 수 없게 될 때가 나에게도 예외 없이 다가올 것이다. 누구보다 독립적이었던 엄마가 점점 누군가의 도움을 받아야 하는 상황이 되는 걸 보면서, 이제 나도 그런 미래를 준비해야 될 때가 되었음을 알아챈 것이다.

더불어 사회적 논의와 정책도 분명 필요하다. 다행히 서울시가 2021년 11월부터 1인 가구를 위한 '1인 가구 병원 안심동행서비스'를 실시하고 있다. 동행매니저가 병원까지의 이동, 수납, 진료까지 도와주는 서비스다. 1인 가구뿐만 아니라 가족의 도움을 받을 수 없는 사람은 누구나 이용할 수 있다.

앞으로 여러 가지 보완해야 할 점이 있겠지만, 이런 시도는 바람직하다고 생각한다. 이 서비스를 계기로 1인 가구가 병원에 접근하기 위해 어떤 서비스와 정책이 필요한지 좀 더 논의가 이어졌으면 좋겠다. 노인 인구가 폭발적으로 늘고 있고, 1인 가구가 우리나라 전체 가구의 40퍼센트에 육박하는 지금, 이에 필요한 정책을 마련해야 하지 않을까.

내 목표는 명랑한 할머니가 되는 것이다. 이 꿈을 이루기 위해서는 건강이 우선이라는 걸 삼 년 전 뼈저리게 체득했다. 몸이 아프니 명랑하기가 쉽지 않았다. 건강하게 나이 들고 싶지만, 나만의 준비와 노력으로는 어림도 없다. 돈과 친구, 사회의 도움을 통해 좀 더 걱정 없이 늙고 싶다. 그래서 명랑한 할머니가 되고 싶다는 꿈을 잘 지켜나가고 싶다.

이별을
준비하는 마음

우리 집에는 아침마다 하는 일이 있다. 엄마의 기상 시간은 새벽 다섯 시 즈음인데, 아침 식사 시간이 일곱 시쯤이니 엄마는 그때까지 책을 읽으시거나 컬러링 북 색칠을 하신다. 치매 예방을 위해 구구단을 쓰시는 날도 있다.

내가 여섯 시쯤 일어나서 거실로 나가면 엄마 방에서 불빛이 새어나오고 있다. 그 빛을 보는 순간 나도 모르게 안도한다. 엄마가 밤새 안녕했구나 싶어서. 그래서 가끔 엄마 방에 불이 꺼져 있는 날엔 마음이 덜컹한다.

별다른 일이 없을 땐 엄마 방 문을 열고 "잘 주무셨어요?" 하는 인사로 아침을 맞이한다. 내 뒤를 따라서 강아지도 함께 엄마 방으로 들어온다. 그러면 엄마는 "좋은 아침~" 하고 답을 해주신다.

오늘 아침도 여느 날과 마찬가지로 나는 엄마 방 문을 열면서 "잘 주무셨어요?" 하고 인사했고, 강아지도 어김없이 나를 따라 엄마 방으로 들어왔다.

다른 때 같으면 명랑하게 "좋은 아침~" 했을 엄마가 나를 잠깐 보더니 손으로 얼굴을 가린다. 그러더니 "아침에 이 방 문 열었을 때 나 없으면 어떡해" 하며 눈물을 보이셨다.

평소와는 다른 엄마의 모습에 어리둥절했지만, 나라고 왜 그런 생각을 안 했을까. 엄마와 보내는 이 익숙한 일상이 깨지는 날이 한 걸음씩 성큼성큼 다가오는 중이라는 걸, 나는 누구보다 잘 알고 있다. 엄마를 제일 좋아하는 강아지가 엄마의 부재를 모르고 엄마를 기다리는 모습을 보면 마음이 무너질 것 같다는 생각도 했다. 건드리면 감당 못할 슬픔이어서 늘 서둘러 덮어버리거나, 산 사람은 어떻게든 살아지겠지 하며 낙관으로 넘어갔을 뿐이다.

그렇다고 아침부터 둘이 같이 울 순 없으니 엄마의 마음을 헤아려드리는 수밖에. 엄마에게 왜 갑자기 그런 생각이 들었냐고 물었다.

"아침마다 둘이 내 방으로 쪼르르 들어오는데, 여기 내가 여기 없으면 둘이 어떡하나 싶잖아."

엄마는 계속 훌쩍이셨고, 나는 애써 밝은 척하며 엄마에게 말했다.

"엄마, 우리 밝힘이가 엄마 떠나고 계속 엄마 기다리는 거 나는 못 봐. 그러니까 밝힘이 명 다할 때까지 엄마도 살다가 같이 떠나. 엄마 안 심심하게."

"그게 내 맘대로 되나."

항상 명랑하던 엄마가 갑자기 아침부터 눈물을 보인 이유를 난 지금도 모른다. 그저 내가 배우자 대신 의지하고 살던 당신이 떠나고 없을 때가 염려되었나 보다, 라고 짐작만 할 뿐이다.

엄마와의 마지막을 준비한다는 건 어떤 걸까. 나는 아직 답을 모르겠다. 며칠 전에는 엄마가 생각지 못한 말을 꺼내셨다.

"네 오빠, 교회 나가라고 해야겠어."

엄마는 불교, 나와 오빠는 기독교. 한 지붕 아래 두 종교가 있다 보니 갈등을 겪기도 했지만, 어느 순간부터는 서로의 종교를 존중하며 살아왔다.

다니던 교회의 목사님이 은퇴하실 때 마침 코로나가 시작되어서 우리는 자의 반 타의 반으로 무소속 교인이 되었다. 그렇게 이 년여를 지내다 보니 온라인 예배가 익숙해져서 그대로 눌러앉으려던 찰나에 불교인 엄마로부터 교회에 나가라는 말을 듣게 된 것이다.

"나 죽으면 누가 있겠어? 어려울 때 도와달라 할 수 있는 곳은 있어야지."

엄마의 걱정은 오빠에게 기울어 있었다. 나야 비혼, 기혼 친구 들도 있고 공동체에 적응하는 것도 크게 어려워하지 않는 편이지만 오빠는 다르다. 해고라는 큰일을 겪으면서도 만나서 고민을 토로하거나 의논할 만한 제대로 된 친구가 없는 눈치였다. 곁에서 그런 모습을 본 후, 엄마는 당신이 죽고 난 뒤 장례식부터 시작해 그 이후에 오빠가 혼자 살면서 어려움에 부딪혔을 때, 도와줄 사람이 없을까 봐 염려하고 계셨다. 그런 엄마의 마음이 읽힐 때마다 엄마가 우리와의 마지막을 준비하고 계신다는 생각이 든다.

엄마와 헤어질 날이 성큼성큼 다가오고 있다고 느끼는 요즘, 엄마에게 잔소리가 많아졌다. 집에 들어가는 길에 뭐 먹고 싶은 음식이 있는지, 약은 잘 드시는지, 옷은 따뜻하게 잘 챙겨 입으셨는지. 이런 게 누군가를 돌보는 일이라는 걸 느낀다.

몇 년 전, 엄마가 대형 마트 앞에서 크게 넘어진 적이 있다. 제대로 일어서지 못하는 엄마를 어떤 젊은 여성이 부축해서 일으켜주었다고 한다. 그러고도 엄마가 한동안 걷지 못하니까 자신이 집까지 모시고 가겠다고 해주어서 엄마는 무사히 집에 돌아올 수 있었다.

나는 몇 년이 지난 지금도 얼굴조차 모르는 그 여성이 고맙고, 가끔 그를 위해 기도한다. 그리고 그 이후로 노인들에게 친절하게 대하려고 한다. 내가 없을 때 엄마가 엄마를 도와줄 천사를 만나길 바라는 마음으로.

한 예능 프로그램에 배우 김혜자 씨가 나와서 한 말이 인상적이었다. 김혜자 씨 남편분은 돌아가시기 전에 축의금과 부조금을 한자로 봉투마다 다 써놓고 가셨다고 한다. 한자가 어려워서 잘 쓰지 못하는 아내를 위한 남편의 사랑이었다. 자신이 세상을 떠난 뒤 남은 사람을 위한 마음. 나는 엄마에게서 종종 그 마음을 본다.

얼마 전, 엄마와 오랜만에 목욕탕에 갔다. 내가 잠깐 탕에 들어가 있을 때 보니, 엄마가 옆에 있는 여자분의 등을 밀어주고 있었다. 자기 몸도 잘 못 가눌 정도로 힘이 없는 양반이 왜 남의 등을 밀어주나 싶기도 하고, 그 여자분은 왜 엄마같은 노인에게 등을 밀어달라 했나 싶었다. 목욕탕을 나오면서 물었다.

"엄마, 엄마는 나하고 왔는데 왜 아까 다른 여자 등을 밀어줬어요?"

"혼자 와서 등 미는데 손이 안 닿아서 제대로 못 씻더라고. 내가 밀어준다고 했어."

"아니, 엄마는 힘도 없으면서 왜 그랬대?"

엄마의 오지랖에 갑자기 부아가 났다.

"나중에 너 혼자 목욕 왔을 때, 우리 딸도 누가 그렇게 밀어줬으면 해서 그런 거야."

그 말에 말문이 턱 막혔다. 나중에 딸 등 밀어주는 사람이 없을 것까지 걱정하다니. 하루가 다르게 몸이 작아지고 힘도 약해져가는 엄마가 미래에 나를 돌봐줄 누군가를 위해 마지막 힘을 쥐어짜내신 것이다.

이 세상에 누가 나를 이렇게까지 생각해줄까. 엄마는 내가 자식 복도 없고 남편 복도 없어 박복하다 하지만, 이런 사랑을 받으니 나는 참 복이 많은 사람이라는 생각이 든다. 누구에게든 이렇게 큰 사랑을 받는다는 건 감사한 일이니 말이다.

엄마가 떠난 뒤, 남은 우리의 삶이 어떨지는 겪지 않은 미래의 일이니 알 수 없다. 엄마는 당신이 떠난 뒤의 삶을 준비하시고 있지만, 나는 무엇을 준비해야 할지 잘 모르겠다. 아직은 엄마가 계시지 않은 미래를 준비하기보다는 지금을 잘 보내는 것이 더 소중하다. 어쩌면 그것이 미래를 준비하는 최선의 방법일지도 모르겠다. 어떻게 해도 후회가 남겠지만, 덜 후회할 수 있는 최선임에는 틀림없다.

올겨울에는 엄마와 함께 온천을 여러 군데 다녀오려 한다. 지금까지 겨울은 늘 오는 것이라고 생각했는데, 이제 영원히 오는 것은 아니라는 사실을 깨닫고 있으니까.

엄마가 계시는 이 계절도, 영원하지 않다.

미주

18쪽
이예지, 「정서경의 세계」, 코스모폴리탄, 2022.

32~33쪽
정지우, '인간은 타인의 영향이 절대적', 브런치, 2022.

52쪽
최희재, 「전도연 "로코 하는 여배우 향한 선입견, 아직도 이런 세상이구나"(일타스캔들)」, 엑스포츠뉴스, 2023.

65쪽
김희경, 『에이징 솔로』, 동아시아, 2023, 179쪽.

117~118쪽
박민, 「강말금 배우와 김초희 감독 인터뷰 #찬실이는 복도 많지」, 마리끌레르 코리아, 2020년 3월호.

146쪽
노희경, 『디어 마이 프렌즈 대본집2』, 북로그컴퍼니, 2016, 301쪽.

219쪽
장 아메리, 『늙어감에 대하여』, 김희상 옮김, 돌베개, 2014, 161쪽.

우리만의 리듬으로 삽니다

초판 1쇄 인쇄일 2023년 9월 7일
초판 1쇄 발행일 2023년 9월 20일

지은이 신연재
펴낸이 정은영
편집 전유진 전지영 최찬미
디자인 서은영
마케팅 이언영 한정우 최문실 윤선애
제작 홍동근

펴낸곳 (주)자음과모음
출판등록 2001년 11월 28일 제2001-000259호
주소 10881 경기도 파주시 회동길 325-20
전화 편집부 (02)324-2347, 경영지원부 (02)325-6047
팩스 편집부 (02)324-2348, 경영지원부 (02)2648-1311
이메일 munhak@jamobook.com

ISBN 978-89-544-4952-6 (03810)